そして、星の輝く夜がくる

真山 仁

JN075614

祥伝社文庫

目次

そして、星の輝く夜がくる

わがんね新聞

1

「神戸《こうべ》から応援に来られた小野寺徹平《おのでらてっぺい》先生です。先生は、一六年前に起きた阪神《はんしん》・淡路《あわじ》大震災の時に神戸で被災されました。地震にも負けず、児童を励《はげ》まし続けてこられました。そして、このたび第一小に、先生の元気な力を持って来てくださいました」

　ゴールデンウィーク明けの朝、朝礼台の脇で浜登《はまと》校長の話を聞きながら、やりにくいなと小野寺は思った。自分はそんな立派な教師やない、そもそもあの時だって俺の方が子どもたちに支えられていた。

　東日本大震災によって甚大《じんだい》な被害を受けた東北三県から「教師が足りない」という要請を受けた神戸市教育委員会は、二〇一一年五月に小野寺を含む三四人の教諭を派遣した。全員が志願者だが、その動機はそれぞれ違う。被災した子どもたちを励ましたいと意気込んでいる若手もいれば、〝阪神〟の際にお世話になった恩返しをしたいという律儀なベテランもいた。そんな中で自分の動機が一番いい加減かもしれないと小野寺は自覚している。要するに元の職場で上司と揉《も》めた挙げ句の志願だった。

　異動願を認めなかった校長に対して、ならば俺が出て行くまでだと啖呵《たんか》を切った矢先に、一九九五年の震災時に勤務していた小学校の元校長に声を掛けられた。彼は小野寺が尊敬する数少ない人物の一人で、その勧めだったのもあって応募したのだ。

教職に就いて二〇年、日々の煩雑な業務に追われた上に、現場の複雑な人間関係にうんざりしていた。身勝手だとわかっていたが、四〇歳を過ぎて環境を一新したくなったのだ。

「では、先生に自己紹介していただきましょう」

校長に促《うなが》され、小野寺は朝礼台に上がった。まず視界に入ってきたのは、校庭の向こうに積み上げられた瓦礫《がれき》の山だった。さわやかな陽気とは裏腹に、ここが被災地だということを突きつけてくる光景だ。厳しい現実に圧倒されそうになるのを引き戻してくれたのは、生真面目《きまじめ》そうに見つめてくる子どもたちの目だった。

「まいど!」

自らのモヤモヤを吹き払うように小野寺は大声をあげて、右手の親指を空に向けて突き上げた。だが子どもたちの表情は変わらない。むしろしらけたムードが漂《ただよ》った。

「なんで黙ってるねん？　これは挨拶《あいさつ》やで。まいどって言うたら、まいどって返してな！ええか、まいど!」

気乗りのしない「まいど」を返してきたのは、二割ほどだった。残りは戸惑いながら友達と顔を見合わせている。

「まいどぉー！」

　もう一度、腹筋に力を込めて言った。数回それを繰り返すと、最初はおずおずだったのが、だんだんと威勢のいい声で応《こた》えてくれるようになった。

「よっしゃ、オッケーや。ありがとう。神戸市から来た小野寺徹平です。みんなの元気をもらいに来ました。これから一年間、よろしく」

　短い挨拶を終えると頭を下げ、わざと額をマイクにぶつけた。どっと笑い声が上がる。子どもたちはこうでないと。今度は頭を上げる時に後頭部をマイクにぶつけた。さらに笑いが大きくなり、ほとんどの児童が列を乱して喜んでいる。

「ひとつだけ言っておきます。先生はお笑いやないけど関西人やから、おもろい時は遠慮なく笑ってください」

　そう言って朝礼台を降りようとした時、地面が揺れた。

「うわっ」という悲鳴を上げて、小野寺はしゃがんでマイクスタンドにしがみついた。揺れは十数秒続いた。しばらくして目を上げると、校長と視線があった。

「先生、おさまりましたよ」

　声を掛けられて小野寺がようやく立ち上がったら、笑い声が起きた。小野寺は頭を掻《か》きながら、子どもたちの大半が声も上げなかったのが気になった。

東日本大震災は、学校に甚大な被害を及ぼした。津波によって校舎が使えなくなった学校も少なくない。また幸いに被害が軽度だったところも、避難所として体育館や教室を開放したため、新年度を迎える準備が後手に回り、一学期の開始が通常よりも一ヵ月もずれ込んでしまった。もっとも、新学期が始まったといっても、地元から離散した児童や教員も多く、混乱が続く中での見切り発車的な状況だった。

小野寺が赴任した遠間《とおま》市立遠間第一小学校は、海水浴場として有名な松原《まつばら》海岸という景勝地のすぐ近くにある。校舎から坂を下ったところにある校門のあたりは津波であとかたもなく流されてしまったが、校舎自体は被害をほとんど受けていない。周辺の市街地の被害は大きく、児童三一人、児童の家族五一人、そして教員二人を失っていた。

五一八人いた児童のうち、震災によって三割が転出した。教員も家庭の事情などで四人が学校を去っている。

欠員を補うだけではなく、震災による学習の遅れをサポートしたり、心のケアを担当したりする教員などを増員するように政府方針が出たのだが、圧倒的に人員が足りなかった。第一小も新年度で増えた教員は、小野寺と若い女性教師の二人だけだ。

校長からの強い要望で小野寺は六年二組を受け持つことになった。そして二四人が教室で待っていた。

小野寺が教室へ入るなり、「起立！」という掛け声で全員が立ち上がる。教壇に立つと、児童が一斉に「おはようございます」と声を張り上げた。

「まいど！」

右手を挙げて応えると、くすくすと小さな笑い声が広がった。その時、揺れが来た。

「みんな机の下に隠れろ」と指示すると、素直にもぐり込んだ児童もいたが半数は笑いながら小野寺が慌《あわ》てるのを見ている。

「おまえら揺れたら机の下に隠れなあかんやないか」

揺れがおさまってから小野寺は注意した。

「今のは、震度３弱だから大丈夫」

最前列に座る小柄な少年が冷静に言った。落ち着き払っている。

「おまえは地震計か」

「先生、万田《まんだ》の測定は大体当たってるよ」

「それでも揺れたら隠れろ。鉄則や」

「先生は、阪神大震災を体験してるんでしょ」

「だからどうした？」

「地震には慣れてるんじゃないかと思いました」

「そんなもん、慣れるわけないやろ。怖いもんは、怖い。ええか、やせ我慢が一番あかん。揺れたら隠れるんやぞ」

「先生はこわがりだな」

「先生は地震が怖い。隠れろと大声で叫ぶのは、おまえらに怪我《けが》させたくないからや」

真顔で言っても、子どもたちの反応は薄い。怖がることを小馬鹿にしているようにも見える。

「地震をなめんな。せっかく生き残った命やろ」

あの日以来、間断なく余震に苛《さいな》まれるからといって、地震に慣れてしまうのはいいことではない。

「先生が一番大事にしてる鉄則を教えとく。こわがりは最強や」

きれいに掃除された黒板に向かって小野寺は「こわがりは最強！」と書いた。

「きったねえ字だな」

最後列の男子児童が言うと笑い声が上がった。

「ほっとけ。それより遠藤悟朗《えんどうごろう》、おまえ地震怖ないんか」

いかにもわんぱくそうな遠藤が、大きな目をさらに見開いた。

「せんせ、なんで俺の名前知ってんの？」

「神戸の先生は何でも知ってるんや。それより質問に答えんかい」

「怖くないよ。まあ、嫌いだけどね」

「みんなにも聞くぞ、地震怖い人」

女子を中心に三割ぐらいが手を挙げた。男子はゼロだ。

「このクラスの男子は強い奴ばっかりか。それともめっちゃええかっこしいなんか？　どっちゃ、大谷幸夫《おおたにゆきお》」

いきなり名指しされた小柄な少年は弾《はじ》かれたように立ち上がった。昨日、全員の名前と席順を覚えてきた成果だ。

「別に。かっこつけてるんじゃないです。しょっちゅう揺れるから慣れたんです」

「地震に慣れるな。ええか、この言葉、忘れんなよ」

小野寺は黒板の文字を何度も叩《たた》いた。

「じゃあ、もうひとつ聞く、頑張れって言葉が嫌いな人」

今度は大勢が反応した。数人を残して大半がイヤだという意思を示している。

「松井奈緒美《まついなおみ》、何でイヤなんや」

長身で大人びた雰囲気の松井が顔をしかめた。

「うざいから」

児童たちは笑っているが、小野寺には聞き流せない一言だった。

「なにが、うざいねん？」

「充分頑張ってますから、放っておいてほしい」

大きく頷《うなず》く児童もいた。

「でも、僕は世界中から励ましてもらえるのはありがたいと思います」

学級委員長の千葉哲《ちばさとし》が立ち上がり、優等生らしい意見を口にした。

「せやな。愛は地球を救うって言うしな。けど、先生はおまえらに言いたい」

そこでまた小野寺は板書した。

〝がんばるな！〟

「えー、なにそれー」

「そんなこと、先生が言っていいの」

子どもたちは口々に騒ぎ出した。教室が賑《にぎ》やかになるのも構わず、小野寺は原稿用紙を配り始めた。

「今から作文を書いてもらう。自己紹介がテーマや。ただし、一つだけ絶対に書いて欲しいことがあるねん」

用紙が後ろまで行き届いたのを見計《みはか》らってから言葉を足した。

「もうやってられへんわ！　って腹立つことを必ず書いてくれ」

子どもたちの顔に戸惑いが浮かんでいる。

「遠慮すんな。なんでもええ。こんなん許せへんと思うことを書いてくれ」

朝礼の様子を見ていて、小野寺は児童たちの妙な行儀の良さが気になった。何かを我慢しているように思えてならなかった。土地それぞれに人の気質は異なるとは思うが、それだけではない気がした。

小野寺が手を叩いて机に向かうよう促すと、子どもたちは素直に原稿用紙に向かった。

静まり返った教室の窓際に立って、小野寺は外を見た。校庭の半分で体育の授業が行われ、残り半分には支援物資や炊き出しのテントなどが雑然と並んでいる。体育館が避難所になっていることもあって、体育の授業は学年合同だ。見慣れないものに囲まれて、子どもたちが窮屈そうに見えた。そのうえ校庭のフェンスの向こうには、あの瓦礫の山がある。そこは遠間川の土手で、震災による廃棄物がうずたかく積み上げられている。ダンプカーが砂埃《すなぼこり》を上げて走り、集積場ではショベルカーが忙しく動いている。ショベルが瓦礫をすくい上げるたびに、粉塵《ふんじん》が舞い上がる。四方はフェンスで囲まれているのだが、すでに瓦礫の山はその高さを越えている。粉塵は時折渦《うず》を巻いてフェンスから飛散していた。

運動場にいる子どもたちに粉塵が降り注いでいるように見えた。

あれは、子どもたちの健康に影響しないんやろうか……。

そもそもなぜ小学校の隣接地を集積場にしたんや。

校長や保護者は抗議しなかったんか。

見渡す限り崩壊したまちの中で、小学校だけが日常を取り戻そうとしている。でも、周囲の環境がそれを阻《はば》んでいる。

なんか歪《いびつ》やな。いや、無理してるって感じか。人もまちも、みんな早く「普通」を取り戻したいんやろうな。

小野寺は大きなため息をついて、作文を書く子どもたちを見つめた。

2

〝原発ばっかり言う菅《かん》総理大臣に、むかつく〟

〝がまんしなさいって言うくせに、お母さんはがまんしないでヒステリーばかり〟

〝泣いてる時に写真撮らないで欲しい〟

子どもらは思った以上に具体的に怒りを伝えていた。

自己紹介の部分では丁寧に書かれていた文字が、怒りのくだりになると急に筆圧が強くなり、赤鉛筆で強調するように大きく書いたり、飾りで囲んだりする者もいる。そんな中で松井奈緒美の〝怒り〟が気になった。

〝毎日ケンカばっかりしているみっともない両親にうんざり。パパはお酒ばっかり飲み、ママはずっと泣いています。こんな家族を捨ててどっかに逃げたい！〟

松井は避難所になっている第一小学校の体育館で暮らしている。松井の家庭事情については詳しくは知らないが、父親は漁師で、津波で家と船を失って避難所暮らしを続けているようだ。

今日一日の様子を見た限りでも、松井は大人びた子どもだと思った。そういう彼女からすると、生活に疲れ果て追い詰められている両親が許せないのだろう。家族を捨てて逃げたいとまで書いた松井の気持ちを知りたいと思った。

もうひとつ気になる作文があった。遠藤悟朗のものだ。

〝川のそばの保育園に通う妹のぜんそくがひどい。ゼッタイにあのガレキのせいなのに、皆知らん顔している。あそこにガレキ置くな‼〟

筆圧の強い文字は鉛筆の粉が浮いて、怒りの感情を伝えるように紙を汚していた。想像していた以上に、子どもたちはそれぞれに声に出せない苦しみや辛《つら》さを抱えている。それをこのまま放ってはおけない。

しばらくはおとなしくしていようと決めていたのだが、そういうわけにはいかないようだ。赴任前から考えていた〝ガス抜き〟をさっそく実行しようと、小野寺は決めた。

翌朝、小野寺は教室に入るなり学級委員長の千葉にたずねた。

「やってらんねえって、東北弁でなんて言うんや」

突然の問いかけに、他の児童もきょとんとしている。千葉はゆっくりと立ち上がると、自信なげに口を開いた。

「わがんね、だと思います」

「それって、わからへんっていう意味とちゃうんか」

「違うよー!」というブーイングがあちこちから上がる。

「そういう意味もありますけど、やってられないなあとか、もうダメだっていう時に『わがんね』って言います」

なるほど、ええネーミングになりそうや。

「サンキュー。ほな、決めた。みんな、六年二組はこれから毎週、『わがんね新聞』を発行します」

「何、それー」

今度は非難と不平が巻き起こった。

「なんや、そのリアクションは。三輪明菜《みわあきな》、『わがんね新聞』がどんなもんかわかってんのか」

窓際で唇《くちびる》をとがらせている髪の長い少女を名指しした。

「わかりませんけど、ネーミングだけでイヤな感じです」

言ってくれるなあ。

「イヤやという前に、何のために発行するか、その理由を聞いてくれ」

そこで小野寺は大きな咳払《せきばら》いをした。子どもたちが一斉にこちらを向いた。

「新聞には、毎日やってられへんと感じる怒りだけを書きます」

「そんな恥ずかしい新聞、絶対反対！」

間髪を容《い》れずに松井が叫んだ。

「なんも恥ずかしないぞ。子どもはな、我慢しすぎたらあかんねん。おまえら、大人に気をつかって一生懸命お利口さんになってるやろ。せやから、せめてこの新聞にだけは、本音を出せ。何を書いてもええぞ。先生は絶対に怒らへんから。とにかく腹立つことや不満を遠慮せんと、ばんばん書くんや」

「先生、それは決定ですか」

冷静な千葉もさすがに不満そうだ。

「せやで」

「そんなの民主主義じゃない。勝手すぎ」

松井が我慢ならないように叫んだ。なんでそんなにいやがるんや。

「すまんな、関西人は勝手やねん。さっそく今日の放課後から編集作業を始めます。但《ただ》し、どうしてもイヤなヤツはやらんでええ。やりたいヤツだけでやる」

3

放課後に教室に残ったのはわずか三人だったが、全員のボイコットも覚悟していただけに素直に嬉《うれ》しかった。委員長の千葉が残るのは想定内だったが、遠藤と松井が顔を見せたのは意外だった。

「よう来てくれたな。大歓迎や」

「勘違いしないでください。私は新聞づくりなんてしたくない。作文返して欲しいだけです」

松井は挑むように小野寺を睨《にら》んでいる。

創刊号では着任早々に書かせた作文をまとめると宣言した。彼女はそれがイヤなようだ。

「なんで返さなあかんねん」

「誰にも読まれたくないから」

「先生はみんなに読んで欲しい」

この子らが吐き出す怒りは、いわば不安の裏返しだ。死がいきなりすり寄ってくるような体験をしてから、ずっと混乱の中で暮らしている。普通に生活しなければと我慢と平静を自らに課せば課すほど、不安の闇が心の奥底に根を張る。それを取り払ってやらなければ、やがて子どもらは怒りや不安に飲み込まれ、我を忘れてしまうだろう。松井の書いた怒りは、小野寺の心を強く打った。だから、一番目立つ位置で編集するつもりだった。

「そんな権利、先生にないでしょ」

「あるで。これは学習発表やからな」

「でも個人情報の侵害です」

小学六年生にもなると、時々大学生顔負けの屁《へ》理屈をこねてくる。

「よっしゃ、なら、ここでじっくり話聞こやないか。あとの二人は問題ないか。新聞をつくってくれるんやな」

千葉と遠藤は顔を見合わせて口ごもっていたが、ようやく千葉が口を開いた。

「僕は、条件つきです」

「なんや条件って」

「僕たちがイヤだというものは、載せないで欲しいんです」

「たとえば？」

「自分の家族への不満とか、恥ずかしいこととか」

「おまえの作文は、どうなんや」

六年二組は五年からの持ち上がりクラスだったが、彼らの担任は被災死している。一部の保護者から「職場放棄したんだから、死んだのは自業自得」だと言われているらしい。

千葉の作文はその非難に対して、激しい怒りをぶつけていた。

〝三浦《みうら》先生は、その日風邪で欠席していたクラスメイトが自宅で寝ていたのを知って助けに行って亡くなられました。それを勝手なことをしたからバチが当たったなんていう奴は許せない！〟

生真面目《きまじめ》で冷静に見える千葉の言葉とは思えないほどの激しさが、行間からにじみ出ていた。

「僕のを載せるのは全然構いません」

「なるほど、ほな誰のはあかんねん」

「私の作文とかよ、先生」

すかさず松井が高飛車《たかびしゃ》に言った。

「おまえ、松井の読んだんか」

千葉は首を振った。

「でも、だいたいのことは、みんなお互いに知ってます。知らないのは大人だけです。だから松井さんがイヤだって言っているのに、記事にしないでください」

「そうよ」

「おまえも同じ意見なんか」

いちいち突っかかってくる松井を無視して、遠藤にたずねた。

「家族の恥とかをいろんな人に読まれるのはかわいそうだ」

「おまえらみんな充分かわいそうやろ。なんで我慢するねん」

「我慢じゃない。これ以上、悲しいことばっかり味わうのはイヤ。だから私たちのことは放っておいてください」

「ほんまにそれでええんか。両親がめいっぱいなのを見てられなくて、作文に怒りをぶちまけたんとちゃうんか」

「そうです。もう、毎日うんざりしている気持ちを書きました。でも先生はそれを新聞にするとは言わなかった。だったら書かなかったのに。卑怯《ひきょう》よ」

松井と二人だけで話すべきだと思い、遠藤らに作文のコピー作業をさせることにした。

「コピーしたら、怒りを書いてる箇所を切り抜いてくれ。で、みんなで載せるかどうか検討しよう」

二人が頷くと、小野寺は膨《ふく》れっ面《つら》の松井を連れて、非常階段の踊り場に移動した。

「おまえがイヤやというのはわかる。けど、おまえの不満、ご両親はわかってんのか」

「そんなこと知らない。私が言ってるのは、私の作文を載せて欲しくないってことだけ‼」

吐き捨てるように言って踵《きびす》を返そうとした松井の二の腕を摑《つか》んだ。

「先生、セクハラ。手を放してください」

「話は、まだ終わってへん。おまえがそんな気持ちを抱えているのを、ご両親は知っておられるんかって聞いてるんや、答えろ。先生が親やったら、知らんかったのはショックやぞ」

「先生は、私のパパじゃない」

彼女は強い力で小野寺の手を振り払った。

「逃げるな。このまま帰ったら、おまえの作文を新聞に載せる。創刊号の目玉記事や。けど、残るんやったら、相談に応じようやないか」

松井はしばらくの間、無言で睨み返していたが、やがてしぶしぶ了承した。

4

翌々日、「わがんね新聞」創刊号が完成した。小野寺は、学校の玄関ホールの掲示板に新聞を貼り出した。千葉が編集長で、遠藤が記者、そしてデザイナーはＮＡＯＭＩとクレジットを入れた。そのうえで、小野寺自らが〝檄文《げきぶん》〟を書いた。

〝遠間市立遠間第一小学校の諸君
まちは全然復興しないし、家にも帰れない。こんな生活はイヤだ。いや、おかしいぞ！　みんな、もっと怒れ、泣け、そして大人たちに、しっかりせんかい！　と言おう。

「わがんね新聞」は、世の中と大人たちに、ダメだしをする新聞です〃

漫画家志望の松井が、この文の横に小野寺の似顔絵を添えた。我ながらよくできた新聞だと小野寺が満足していたら、昼休みに校長室に呼ばれた。

「先生、お待ちしてましたよ。『わがんね新聞』のことですけどね」

思いがけない言葉だった。

「なかなか好評ですよ。何か問題でも？」

教頭と教務主任も苦々しい顔つきで同席している。小野寺は自賛したが、相手がそう思っていないのは一目でわかった。

「大胆な企画ですな。しかし、あれを無許可で玄関ホールに貼り出したのはどうでしょうな」

苦労人と見える浜登が穏やかに話し始めた。

「許可が必要でしたか、失礼しました。ちょっとスペースが空《あ》いてたもんですから。全校児童に見てもらおうと思ったんです。子どもたちの反応はいいですよ」

―それが困るんです。第一、あれでは不良になりなさいと学校が児童を焚《た》きつけていると誤解されますよ」

教務主任の女性教師が、露骨に顔を歪《ゆが》めて吐き捨てた。

「不良は言い過ぎとちゃいますか。ここの子どもたちは、いろんなことを我慢しすぎです。過度の我慢は、子どもの心身の成長を妨げるという調査結果もあります」

最後のひと言はハッタリだったが、小野寺は何を言われようとも引くつもりはなかった。子どもはもっとストレートに感情表現すべきだと小野寺は考えている。今朝は玄関ホールに立って、子どもたちの反応をずっと見ていた。皆、大騒ぎして新聞を読んでいた。他のクラスの児童が「自分のも載せて欲しい」と作文を持ってきた。

大人よりも心が柔軟だからといって、彼らは本当に元気なわけでも、前向きな考えができるわけでもない。ただ、全《すべ》てを失って呆然《ぼうぜん》としている大人を見かねて、迷惑を掛けないようにという無意識の遠慮が働いているに過ぎないのだ。そんなものはクソ食らえだ。喜怒哀楽を素直に表すことができれば、子どもの心は健全に育つ。どんな時でも学校と教師は彼らを丸ごと受け止めるべきだ。

「ご存じだと思いますが、この学校の体育館は避難所にもなっています。毎日、不便とご苦労の中で頑張っている方々の気持ちを逆撫《さかな》でするようなことはやめてもらいたいんですよ」

教頭までもが参戦してきた。管理職の鈍《にぶ》さというのは、どこに行っても同じだなと思いながら、小野寺は教頭に向かってニッと笑いかけた。

「教頭、小学校で一番大切なのは、児童でしょ。避難所暮らしが大変なのは理解していますが、我慢ばかりしている子どもたちが心配です。それに新聞で特定の誰かを攻撃しているわけじゃありません。個人的つぶやきじゃないですか。いわば第一小のツイッターですよ」

教頭が眉《まゆ》をひそめて何か言いかけたのを、浜登が制した。

「そうですな。私も面白いと思いましたから、今回はこのままいきましょうかね。ところで、あれは第2号も考えておられますか」

「もちろんです。大好評なんですから、週一ぐらいの間隔で発行するつもりです」

「なるほど。ただし、教頭先生が言われた避難所生活をされている方への配慮も頼みますよ」

「了解しました！」

小野寺は勝手に話を切り上げると、おざなりに頭を下げた。

教室では「わがんね新聞」の話題で持ちきりだった。

「先生、一組の友達が、自分たちもやりたいと言ってるんですが」

震災でケガをしたせいで丸刈りになったのがいやだと作文に書いた友田太郎《ともだたろう》が発言した。

「大歓迎や。けど、一組みんなで考えて、オリジナルの新聞つくれと言うとけ」

この活動が広がればいいと思っていた。ただし、誰かに頼って欲しくない。この災害で受けた心の傷に各自が向き合い、悪戦苦闘しながらそれを吐き出すことで少しずつ強くなれると知って欲しかった。

その日の放課後に職員室で仕事をしていたら、いきなり大声で名前を呼ばれた。日に焼けた大柄な男が仁王立ちしていた。

「小野寺は私ですが、何か」

男は大股《おおまた》で席に近づいてくるなり、丸めた紙をぶつけてきた。

「あんた、俺らをバカにしてんのか！」

「何の話です」

「この新聞だ」

足下に転がった紙玉を拾い上げると、「わがんね新聞」だった。

ぐっと耐えた。

「これ……」と口を開いた途端、胸ぐらを摑まれた。息が詰まりそうだったが、小野寺は

「お父さん、先生になんてことをするの」

女性が割って入って、男の手が緩《ゆる》んだ。

「申し訳ありません。松井の母です」

咳《せ》き込む小野寺の前で、女性が申し訳なさそうに頭を下げた。

じゃあ、こっちは父親か。男は両拳《こぶし》を強く握りしめたまま小野寺を睨みつけている。

「これは松井さん、いらっしゃい。どうです、こっちでお茶でも」

のんびりとした口調が緊迫感を削《そ》いだ。いつの間にか校長が隣に立っていた。気を抜かれたように松井夫妻も黙って従った。小野寺も新聞を手に続いた。

「どうされました」

校長室に入ると、浜登がお茶の用意をしながらたずねた。

「ウチの人が、奈緒美たちがつくった新聞を見て怒り出してしまって」

「当たり前だ。こんな恥さらされて、黙ってられっか」

奈緒美の作文は、〝家族を捨ててどっかに逃げたい！〟の部分だけを掲載する予定だった。それが、土壇場で全文載せて欲しいと言い出したのだ。

「あれは全部匿名でしたが、お嬢さんの書かれたものがわかるんですか」

「あったり前だろうが、娘の字ぐらいわからあ」

父親が言うのを、母親があわてて止めた。

「そうじゃないです。奈緒美が言ったんです。私たちがケンカばっかりしているんで、新聞に書いたって」

〝毎日ケンカばっかりしているみっともない両親にうんざり。パパはお酒ばっかり飲み、ママはずっと泣いています。こんな家族を捨ててどっかに逃げたい！〟

「ここに書かれていることはウソですか」

小野寺は殴られるのを覚悟してたずねた。

「なんだと」

「ウソならお詫《わ》びします。でも、そんなに怒っておられるのは、本当のことだからじゃないんですか」

また、胸ぐらを摑まれた。浜登が慌てて止めに入ったが、海で鍛えた男の力には勝てない。小野寺は締め上げられたままで言葉を続けた。

「どうです、お父さんも大人版『わがんね新聞』つくりませんか。酒を呑むより楽しいですよ。なんなら私、手伝いますよ」

勢いよく押されて、小野寺はソファに尻餅《しりもち》をついた。

「おまえに何がわかるんだ。家がなくなって、船もねえ。仕事したくても、なんもねえんだぞ。他所《よそ》の町から来たもんにこの悔《くや》しさがわかるのか」

「わかりませんよ。でも、想像はできます。めっちゃ腹立つ話やないですか。義援金は集まっているのに、政治がアホで支給もされへん。ただ、毎日こうして避難所でぼんやり過ごすなんて私ならたまらん。だから声を上げたらどうですか。国は私らを見捨てる気かと」

「勝手なことを言うな」

松井の父親は悔しそうに拳で太腿《ふともも》を叩いた。

「いや、言いますよ。私は他所者だから無責任に言える。けどね、あなたも海の男でしょ。いじいじするのやめましょうよ。腹立つことを抱えたらあきません。おまけに我慢する代わりに子どもやかみさんに八つ当たりすんのは、男として最低や」

父親の目が血走っていた。殴られるかと思ったが、彼は体を震わせながら睨みつけるばかりで校長室を出て行った。血相を変えた母親が詫び言と共に頭を下げ、夫を追いかけて行った。テーブルの上に、皺《しわ》だらけになった壁新聞が残っていた。

「校長、私はやり過ぎですかねぇ」

「いいんじゃないですか。もともとこの町の人は皆、おとなしい。何でも我慢してしまいます。やり方は過激ですが、今の遠間には必要な刺激かもしれません」

まさかそんなふうに言われるとは思わず、浜登の顔をまじまじと見てしまった。

「小野寺先生。何を驚いているんですか。私は感謝してますよ。先生のおかげで、我々は大事なことを忘れていたと気づいたんです」

「なんですか」

「子どもは、のびのび育てる。大人の犠牲にしてはならない」

あらたまって言われると照れ臭くなった。

「それほど大それたことをしているわけじゃ……」

「久しぶりに生き生きした子どもたちの顔が見られました。それで充分です。さあ、貼り直しましょう」

浜登は破れた箇所をテープで張り合わせて、丁寧に皺を伸ばした。

浜登と二人で再び玄関ホールに新聞を貼り直していたら、松井が近づいてきた。目が腫《は》れているのは泣いていたからだろう。

「すまんな、先生のせいでお父さんに怒られたんやろ、許してくれ」

「先生は悪くないよ。新聞をこんなボロボロにして最低」

「けど、お父さんも悔しいんやぞ。かっこええ海の男やったのを津波が全部壊しよった。男として、父親として悔しいんや」

不意に松井の唇が歪《ゆが》み、大きな目から涙が溢《あふ》れた。

「わかってる。かっこいいパパが大好きだった。ママだってオシャレで美人だし、私の自慢だった。なのに全部変わっちゃった。こんなの、もうイヤなんです」

いきなり松井は声を上げて泣き始めた。小野寺は彼女を強く抱きしめて背中をさすった。

「おまえは、よう頑張ってるよ。それに勇気がある。ご両親にちゃんと意見言えたんやからな。それはほんま凄《すご》いことやねんで。大丈夫や、全部元に戻る」

今は気休めにしか聞こえないかもしれない。けど俺はそう信じたい……。

5

「わがんね新聞」第2号はクラス全員が参加しての製作となり、内容はさらに過激になった。『こんな大人が許せない大特集』と銘打ち、模造紙二枚分を子どもたちの怒りが埋め尽くした。

〝仕事ないなら、探せ〟

〝一定のめどがつくまでってなんだ総理。ボクらがそんな約束したら親にぶたれるぞ！〟

〝勝手におれたちのめし食うなボランティア！〟などなど児童の筆が走った。さらに、六年一組が「ゆるせね新聞」を、五年一組が「バカヤロー新聞」を同時に出し、玄関ホールの壁は子どもたちの叫びでいっぱいになった。

「先生、テレビ局の人がインタビューしたいって言ってます」

職員室でテストの採点をしていると、遠藤が飛び込んできた。

「誰をインタビューするねん」

「先生ですよ。『わがんね新聞』をつくった人に話を聞きたいって」

「それやったら先生ちゃうな。千葉と松井はまだいるのか」

「教室で原稿書いています」

二人を呼びに行かせて、小野寺は玄関ホールに向かった。二組のカメラクルーが壁新聞を舐《な》めるように撮影していた。

「インタビューをされたいと聞いたんですが」

「あっ、あなたが〝まいど先生〟ですか」

二人の女性レポーターがマイクを手に近づいてきた。

「新聞のことは私じゃなくて、子どもたちに聞いてもらえませんか。私はなんにもしていませんから」

「でも、壁新聞をつくろうとおっしゃったのは〝まいど先生〟だと伺いましたが」

「そうですけど、たんなる言いだしっぺに過ぎません」

「もちろん、あとで生徒さんにも伺いますよ。先生は阪神・淡路大震災の体験を生かし、『わがんね新聞』をつくられたそうですね」

そんなふうに関連づけられると、途端に「いい話」に思えてくる。バカバカしい。

「関係ないですよ。確かに私は、〝阪神〟の被災者ですけど、あの新聞は、この学校の子どもたちの心の叫びをまとめただけですから」

「すごい勇気ですよね。地元の教師には、あんな言いたい放題の壁新聞をつくろうなんて言えないでしょうね」

その物言いがカンに障《さわ》った。

「それはあなた方が、耐え忍ぶ被災者の勝手なイメージを作りあげてしまったからでしょ。子どもたちは被災地でも天使のように明るいとか。子どもたちのけなげな頑張りが涙を誘うとか。そうやって子どもに無理させているのは、おたくらにも責任の一端があるんとちゃいますか」

女性レポーターの顔つきが変わった。そこへ遠藤が千葉と松井を連れて戻ってきた。

「ウチの編集部員です。何でも聞いてやってください」

小野寺はそう言って、奈緒美をカメラの前に立たせた。いきなり見ず知らずの大人に囲まれて三人は固まっている。

「思ったことを言えばええ」

こうやってメディアに取り上げられたら、子どもたちだけでなく大人も刺激されるだろう。マスコミは鼻持ちならないが、利用しない手はない。

子どもたちの笑い声が聞こえてきた。照れくさそうではあったが、松井がカメラに向かって見せている笑顔がまぶしかった。

6

「妹の調子はどうや」

第3号の編集会議をやろうと集まった時に、さりげなく遠藤に聞いてみた。

「あんまり良くありません」

普段は明るい遠藤がうつむいている。

「医者には診《み》てもらってるんやろ」

「小児科の先生がいなくて。時々巡回してくる先生が診てくれるんですけど、良くなりません」

毎日午後五時に、遠藤は妹を保育園に迎えに行く。その日、小野寺は同行することにした。

父は農協職員、母が市役所職員のために、遠藤家の子どもは早くから市立保育園に通っていたという。

「ばあちゃんが、ずっと妹の面倒をみていたんですが、津波に飲み込まれて死んじゃいました。それから妹のぜんそくが酷《ひど》くなった気がするんです」

一見すると、児童たちは元気に学校に通っているように見えるが、その多くは身内を亡くしている。あまりにもあっさりと祖母の死を話す遠藤に、強さと辛さを感じながら小野寺は黙って聞いていた。

小学校を出て川沿いの道を歩いていると、何台ものダンプカーが猛スピードで通り過ぎて行く。その度に粉塵が舞い上がった。遠藤は思い出したようにマスクを取り出した。小野寺がハンカチを口に当てていると、「これ使ってください」と新しい紙マスクを差し出した。

「サンキュー。それにしても凄い砂埃やな。しかもたまらんにおいや」

「おとうさんは、化学物質のせいじゃないかと言ってます」

さりげなく川を見遣《みや》ると、川面《かわも》に油のようなものが浮いて薄い膜を張っている。

「この川、前からこんなに汚かったんか」

「地震が起きるまでは、とてもきれいでした。蛍がいっぱいいたんです」

今はその片鱗《へんりん》もない。川を見ていると気分が悪くなってきた。気のせいではなく、喉《のど》の奥に痛みを感じる。

保育園に着くと、遠藤が園長に引き合わせてくれた。

「噂の〝まいど先生〟ですね。『わがんね新聞』、遠藤君から聞いてます。とっても嬉しかったみたいよ」

「恐縮です。ところで先生、このにおいって、子どもたちの健康に影響せえへんのですか」

初対面の相手にいきなりたずねる話ではなかったが、聞かずにはいられなかった。園庭では子どもたちが遊んでいるが、保育士を含めて全員がマスクをしていた。明るく迎えてくれた園長の表情が曇った。

「良くはないと思うんです。でも頼れるところもありませんし、復興の邪魔もできませんからねぇ」

「そんなん遠慮したらあきませんよ。ちゃんと訴えないと」

「市と県の福祉課には、何度も調査と改善をお願いしているんですけど、なかなか聞いてもらえなくて」

復旧作業でそれどころじゃない、とでも言われているんだろう。だが、大人ですら不快感を覚える異臭と粉塵を放置していいわけがない。

「遠藤君の妹のぜんそくが酷くなったのって、瓦礫のせいじゃないんですかね」

兄を見つけた少女が駆けてきた。遠藤が両手を広げて彼女を受け止めた。園長は少女の頭を撫でながら答えた。

「可能性はあると思います。実は体調不良を訴える子どもが、最近になって日に日に増えているんです」

「他所もんが勝手なことをする」とまた非難されるかもと思ったが、深く考える前に小野寺の口が動いていた。

「どうや、遠藤。この問題を『わがんね新聞』で取り上げたら」

話はすぐにまとまった。まずは六年二組の児童が保育園を訪ねて、保護者にアンケートを採った。その結果、子どもの体調が悪くなったと感じている親は、全体の九五パーセントにものぼった。保育士は全員が体調不良を訴えていた。ただ、ほとんどがそれを震災のショックによるものと思っていたようだ。

この号の編集作業には小野寺も特別顧問として積極的に意見し、アドバイスやアイデアを与えた。そこで今号だけは新聞社やテレビ局にコピーを送ると決まった。さらに小野寺の知人である化学物質過敏症の専門医にメールを送り、遠間の状況を伝えてアドバイスを求めることになった。

そして、衝撃的な見出しの第3号が完成した。

〝園児が苦しんでいる

保育園や小学校の前にがれき置き場って、どういうこと!?〟

児童はもちろん避難所の大人たちからも大きな反響を得たが、取材を名乗り出るメディアはなかった。しかし、小野寺がメールで現状を訴えていた専門医が有志を募《つの》り、手弁当で遠間に出向いてくれた。

彼らは第一小学校区に暮らす住民全員に問診とレントゲン検査を行い、さらに瓦礫集積場の大気調査と遠間川の水質についても調査した。その後、校庭に住民を集めて調査の所見を発表した。

「精密な調査結果が出ないと確かなことは言えませんが、瓦礫置き場周辺では、廃棄物内に混入している複数の化学物質が化学反応を起こして、人の体に害を与える物質が発生していると考えられます。また、水質汚染も深刻です」

もちろん小野寺はこれらの結果を市役所や保健所、県に訴えた。だがどの機関も「事実関係を調査の上、善処する」と回答するだけだった。


〝ボクらは怒っている！

もうガマンしない！〟

第4号にはそんな大見出しを付けた。

「先生、この新聞、知事さんに送りたい」

完成した新聞を見ながら遠藤が言うと、クラスメイト全員が「賛成」と手を挙げた。普段はなだめ役に回っている学級委員長の千葉でさえ賛成している。

「知事だけじゃだめだ。総理にも送ろう」

クラス総出で、第4号の複製を手書きで二枚作った。小野寺はつながりのあるマスコミ関係者全員に電話を掛けて、この活動を伝えた。

「粉塵問題で、子どもたちが知事と総理に、『わがんね新聞』を送りたいと言うてるんです。記者会見を開きたいんやけど、来てくれへんかな」

だが、記者から返ってきたのは、「瓦礫問題はよくある話でニュースバリューがない」というつれない回答ばかりだった。

記者が言う〝ニュースバリュー〟とは一体何なのか――。そう言おうとして小野寺は思い止《とど》まった。〝阪神〟の時を思い出したのだ。あの時もマスコミが取り上げるのはいつも「感動・人情・涙」ものばかりだった。人はそういう記事を歓迎するのだ。今は辛抱強く訴え続けるしかないのだと、小野寺は割り切った。

「じゃあ、僕らが記者さんたちに新聞を届けましょうよ、先生」

千葉が提案すると、松井が「パソコンを使って、インターネット新聞をつくろう」と言い出した。第一小学校は県のパソコン教育重点校に指定されているから、それならすぐに取りかかれる。それに、学校の通信機能は奇跡的に生き残っていた。

そこで、壁新聞班の他にインターネット新聞班が組まれた。もはや、小野寺の出る幕はなくなっていた。子どもたちはそれぞれがアイデアを出し合い、多くの人に訴えるための工夫を懸命に考えた。

壁新聞の第5号の仕上げ作業で賑わっている教室に、松井の父親が顔を出した。後ろには母親だけでなく、数人の保護者も同行していた。

「先生にお願いごとがありまして」

職員室に怒鳴り込んできた時とは別人のような丁重さで切り出されて、小野寺は拍子抜けした。奈緒美が心配そうにやりとりを見ている。

「こんにちは。お父さん、どうされましたか」

「実は瓦礫から出る悪臭や粉塵の問題について、俺らにできることはないかと避難所のみんなでいろいろ考えてみたんです」

松井の父親が切り出すと、隣にいた小太りの男性が二つ折りにした用紙を差し出した。

「地元で写真店をやっております田丸《たまる》と申します。壁新聞を複写して、縮小版を作ってみました」

用紙を開くと、第4号と大書された「わがんね新聞」の文字が目に飛び込んできた。

「皆さんから支援を戴《いただ》いて、五〇枚印刷しました。こんな重大な問題を子どもたちだけにまかせていては恥ずかしい。そこで、これを市役所や県庁やマスコミに持参しようと思います」

「子どもたちを見てたら、何もなくなっただの、もう立ち上がる気力もないだのと嘆くのが情けなくなりましてね。俺らも本気出すことにしました」

松井の父親の声には力が漲《みなぎ》っていた。この間、怒鳴り込んできた時と全く違う。

「すぐに県や国が動いてくれるなんて安易な期待はしてません。だからといって何もしないで放置するわけにはいきません。これ以上子どもたちに辛い思いをさせたくないですから」

松井の母親が言い添えると、他の保護者全員が頷いた。

「先生に怒られたおかげです」

そう言って松井の父が頭を下げた。

私はただ、酷い目に遭っているのに我慢している子どもの顔を見るのが、いやだっただけです——、そう言いかけて小野寺は言葉を飲み込んだ。

正直なところ、保護者が動いても状況は変わらないだろう。だがここで諦《あきら》めるわけにはいかない。子どもたちの心に溜《た》まった澱《おり》を掻き出してやりたくて始めた新聞が、身近な大人たちを立ち上がらせた。

見てくれは稚拙《ちせつ》な手づくり新聞だが、意見は発信できるし、誰かに疑問を投げかけることもできる。

保護者たちの背後で、六年二組の連中が嬉しそうに、〝まいどポーズ〟をして見せた。

小野寺も彼らに向かって親指を立てて笑い返した。

〝ゲンパツ〟が来た！

1

「先生、大変！　遠藤《えんどう》君が一組の子と喧嘩《けんか》してる」

昼休みが終わる頃、松井奈緒美《まついなおみ》が血相を変えて職員室に飛び込んできた。その声で反射的に立ち上がったせいで、小野寺徹平《おのでらてっぺい》は膝頭《ひざがしら》を机にしたたかにぶつけた。

「何があってん」

痛みを堪《こら》えてたずねたが、「そんなの来ればわかるから」と叫んで松井は廊下に飛び出していった。小野寺が教室に向かおうと階段を上がりかけると、後ろから怒鳴られた。

「ちがう‼　先生、こっち」

松井に言われるままに玄関に走って行くと、児童が輪になって騒いでいる。その中心に遠藤がいて、体格のよい男子とつかみ合っている。

「こら、おまえら、やめんかい」

小野寺が声を張り上げると、遠巻きに見ていた子どもたちの輪が崩れた。仲裁しようと割って入った時に、どちらかの手が小野寺の顔を引っかいたが、構わず二人を引き剝《は》がした。それでも一組の児童はなおも飛びかかりそうなほど興奮していた。

「何をやってんの」

六年一組の担任である冨田和代《とみたかずよ》も駆けつけた。

「こいつ、いきなり僕らの新聞に墨汁かけて、破いたんです」

一組の児童が声を荒らげて言った。

「遠藤、ほんまか」

厳しく質《ただ》しても、遠藤は険《けわ》しい顔つきで相手を睨《にら》むばかりだ。遠藤の体操服は墨で汚れていた。小野寺は壁新聞を貼ってある掲示板を見遣《みや》った。六年二組の壁新聞「わがんね新聞」と並んで一組の「ゆるせね新聞」があるはずだった。だがそれは無惨に破り捨てられていた。

「これは、おまえがやったんか」

遠藤はふてくされたままで、答えようとしない。

「先生の質問に答えろ。これは、おまえの、仕業《しわざ》か」

「そうです」

「なんでそんなこと」

遠藤は唇《くちびる》をかみしめたまま黙っている。

「田窪《たくぼ》君、何があったの？」

冨田もきつい口調で質したが、こちらも答える気はないようだ。田窪の顔にも墨汁がべっとりとつき、ブルーのフリースのジャンパーも汚れていた。

「遠藤、答えんかい！」

その場にいる全員がびくっと体を震わせるほどの怒鳴り声で、ようやく遠藤の口が開いた。

「こいつが酷《ひど》いこと書いたからです」

「なんや酷いって」

「〝ゲンパツ〟は、保科《ほしな》さんに謝れって書いたのよ」

遠藤が答える前に松井が割り込んできた。保科は一組の女子児童だ。

「保科さんは、津波でお父さんを亡くして原発事故のせいで遠間《とおま》市に避難してきたんです。それで放射能が怖くて家から出られなくなってしまったんです。だから、原発事故を起こした東電に謝って欲しくて書きました」

学業では学年で一、二を争う田窪が冷めた口調で説明した。

「ウソつき。この〝ゲンパツ〟って、福島《ふくしま》君のことでしょ」

松井が我慢ならないように田窪の胸をこづいた。そこでまた取っ組み合いが再開されそうになり、小野寺と冨田が必死で止めた。

福島智史《さとし》は震災が原因で転校してきた児童だった。父親は東京電力福島第一原子力発電所に勤務している。震災以降も父親は原発に残り、事態の収拾に当たっていた。その福島が〝ゲンパツ〟と呼ばれていたなんて。そのうえ、そんな心ない記事を一組の児童たちが本当に書いたのであれば、あまりにも辛《つら》い話だった。

「本当なの？　田窪君」

冨田は信じられないという顔つきで、田窪にたずねた。

「そんなつもりはありません」

田窪は俯《うつむ》いたまま、ぼそりと言った。

「じゃあ、何でカタカナで〝ゲンパツ〟って書いたのよ。第一小が誇る秀才なんだから漢字で書けばいいじゃん」

松井に金切り声で責められても、田窪はじっと俯いたまま答えなかった。この時はじめて小野寺は、騒動の輪から随分と離れて廊下に立つ福島に気づいた。小野寺と視線が合うと、福島は背を向けて走り去った。

2

喧嘩《けんか》があった日の放課後、遠藤と松井を居残らせて、あらためてことの顛末《てんまつ》について聞いた。

「あいつは、福島を目の敵《かたき》にしているんです」

何かにつけ大人びた物言いをする松井が、田窪を「あいつ」と呼んで顔をしかめた。

「なんでや」

「ウチの学校に、放射能を持ち込んだからだって」

そんな酷い話がまかり通っていたのを全く気づかなかった。

遠間第一小学校には、一時避難という形で六月一日から〝転校〟してきた東電社員の子女が二人いる。他県では、福島から避難してきた児童に対して「放射能が移る」と言うような陰湿ないじめがあると聞いてはいたが、まさかこの学校にはないと思っていた。

東電社員の子女受け入れについては、第一小のＰＴＡの間でも議論はあった。しかし、概《おお》ね「歓迎」だったと小野寺は聞いていた。

校長から、二組で福島を預かって欲しいと頼まれた時も小野寺は二つ返事で応じ、敢《あ》えて子どもたちにも詳しい事情は説明しなかった。転出する児童が多い中、久しぶりに友達が増えるのを喜ぼうという雰囲気を感じたからだ。

ただ、クラスの正副委員長にだけは事情を説明した。千葉《ちば》は生真面目《きまじめ》に頷《うなず》き、副委員長の松井は「まかしといて」と明るく返してきた。それだけに松井なりの責任感もあって、さっきはあんなに激怒したんだろう。

「あいつのお母さんが悪いんですよ。原発周辺から来た子は別の教室で授業をしてほしいって言ったんです」

一部の保護者からそういう声が上がったとは聞いていたが、それが学年一の優等生の母親によるものというのはさすがにショックだった。

「松井、落ち着け。福島が〝ゲンパツ〟って呼ばれてるのを、先生は一度も聞いたことないねんけどな。そもそも誰が言い出したんや」

再び松井が解説しようとしたのを、小野寺は止めた。

「遠藤、自分のしでかしたことくらい自分で言え。そんなことも代弁してもらわなあかんへたれなんか？」

「智史を〝ゲンパツ〟って呼ぶのは、田窪だけです」

ふてくされた遠藤が早口で言った。

「東電社員の息子だから、原発ってか」

「しかも、名字が福島ですから」

すかさず松井に補足されて、小野寺はのけぞった。子どもとはなんと残酷なブラックジョークを考えつくのか。

「ほんまに田窪だけなんか。他は誰も言ってないのに、なんであいつだけがそんな酷いこと言うねん」

「だから、あいつのお母さんのせいだって」

子は親の鏡ということか。だが、それだけなんだろうか。もっとほかにも理由がありそうな気がした。

「お母さんの話はええ。それで、保科に謝れってどういう意味や」

松井と遠藤は顔を見合わせた。はっきりした理由が思い当たらないのだろう。「そこまではわからんか」と言って話を切り上げようとしたら、松井がしぶしぶ口を開いた。

「保科さんの元の家が原発近くにあって住めなくなったのは、先生も知ってるでしょう。そのせいじゃないかなあ。それにあの子、いま不登校だし」

小野寺は保科という児童をほとんど知らない。赴任から一ヵ月半、受け持つクラスの子らの性格や家庭事情を把握するのが精一杯で、他のクラスの児童についてはカバーしきれていなかった。保科が福島県から避難してきたのも今日初めて知ったくらいだ。

「おまえは、ほんま地獄耳やな。この学校で起きていることで、知らんもんなんてないやろ」

松井はまんざらでもなさそうに、口元で笑った。

「けど、福島んちが東電社員だから、保科が不登校になった、というのはちょっと強引やな。先生には言いがかりに思えるけど」

阪神《はんしん》・淡路《あわじ》大震災という大災害を経験している小野寺だが、遠間での日々は戸惑ってばかりだ。わかったふりをするな――、何か問題が起こるたびに、そう自戒して取り組んでいる。しかし原発事故のその後についてとなると、これはもう小野寺にはお手上げの問題だった。

「もしかしたら」と松井が話し始めた。

「この間、県内一斉の実力テストしたじゃないですか。あれで、福島君が一番だったんでしょ。だから悔《くや》しいのよ、田窪は」

確かに、福島はずば抜けて良い成績だった。だからといって、その腹いせに〝ゲンパツ〟と呼んだうえに、不登校の責任まで押しつけるのか。さすがに、松井の考えは飛躍している。

「おまえは、どう思う？　遠藤」

「田窪は昔から卑怯《ひきょう》な奴でした」

ピンチヒッターの教員に過ぎない小野寺は、子どもたちの微妙な人間関係を完全には把握していない。そのため、判断のしようがなかった。

「ほな、保科の不登校については、どう説明するねん」

「それは……ちょっと……。でも、保科さんと智史は、前の小学校では同じクラスだったそうです。保科さんが学校に来ないのを、智史はとても心配していますし、毎日、保科さんの家までプリントとかを届けているんですよ。なのに不登校が智史のせいだなんて、ひどすぎる。先生、智史ってすごい奴ですよ。あいつ、俺より先にあの新聞を読んでたんです。でも怒らなかったんですから」

遠藤が我がことのように心配している。成績もいまいちだし喧嘩っぱやいくせに、こういうことには人一倍純粋だった。

本当なら、ここに福島がいた方が良かったかもしれないと思った。問題の追及よりも、少なくとも二人の優しさが、福島に伝わるのは意味があっただろう。だが、小野寺が気づいた時には福島は帰っていた。

「智史に謝らなくちゃ……」

遠藤がひとり言のように言った。

「なんで、おまえが謝るねん」

「智史は、そっとしておいて欲しいんだと思います。だから、〝ゲンパツ〟と言われても、あんな記事書かれても平気なふりをしていたんです。なのに俺が騒いだから、学校中の注目を浴びてしまった。俺が智史を傷つけた」

遠藤がずっと落ち込んでいたのは、そのせいか。

「そうかな、福島は喜んでると思うぞ。それにあんな記事が出たら、騒ぎになって当然や。それに対して、おまえはおかしいと抗議したんや。それは勇気のある行動やと思う」

誰かのために立ち向かうなんて、大人にだって難しい。それを迷わずやってのけた遠藤の頭を力強く撫《な》でた。

「私もそう思う。遠藤君が気にしてはだめよ」

松井に励《はげ》まされても遠藤の気は晴れないようだった。遠藤の屈託《くったく》を取り除いてやりたかったが、福島のことも気になる。小野寺は「ここから先は先生に任せてくれ」と約束して、ぐずぐずと腰を上げない二人を帰した。このあと、福島の自宅を訪ねるつもりだ。

彼らを見送った後、隣の教室を覗《のぞ》いた。

「失礼します」

「終わったの」

　小柄な銀髪の女性教師が、目をしょぼつかせながら言った。二人に話を聞いた後で、冨田と話し合うことになっていた。

「ええ、ひとまず今日のところは。田窪との話、どうでした？」

「まあね」

　彼女に示された椅子《いす》に小野寺は腰を下ろした。一〇歳ほど年上の冨田は、苦手なタイプだった。何をするのも億劫《おっくう》そうで、必要最小限の労力しか使いたくないという意思を、態度ではっきり示す。二組が「わがんね新聞」を発行したのを快く思っていないのは知っていた。ただ、教頭や教務主任のように明らさまに批判したりもしない。すべてにおいてやる気がない、そういう印象だった。

「それで田窪はどう言ってました？」

「同じ話を繰り返すばかりよ。二組の福島君を非難したわけではないと。ただ、保科さんを皆で応援しようと思っただけだと」

　騒動の後、小野寺は墨で塗りつぶされなかった部分の記事を読んだ。〝ゲンパツ〟という文字をくどいほど繰り返し使った記事は、客観的に読んでも〝ゲンパツ〟のせいで保科が学校に来られなくなったとしか読めなかった。

「先生は、それを信じはるんですか」

「本人がそう言っている以上、信じるしかないでしょう」

「田窪が、ウチの福島を〝ゲンパツ〟と呼んでたのはご存じですか」

「知らなかったわ。でも、本人は否定してるし、それ以上は何も言えないでしょう」

面倒なことに関わりたくないと言わんばかりの投げやりな態度だった。

「田窪の母親が、福島から避難してきた児童への授業は、別の教室でやれと言ったそうですね」

冨田が眉間《みけん》に皺《しわ》を寄せた。

「それが、どうかしましたか？」

「私はそんな話、知りませんでした」

「彼の母親だけじゃありませんよ。でも、それは済んだ話です」

だったら今日の騒動は何だというのだ。

「校長先生が困った時はお互い様ですとおっしゃったら、あっさり引き下がったわ。それより、せっかくみんなが苦労して書いた新聞に墨汁をかけた上に、田窪君に暴力を振るった張本人には、ちゃんと謝らせてくださいよ」

話を打ち切るように冨田が腰を上げた。

一私は、遠藤の抗議は間違ってないと思います」

「でも、暴力はいけないでしょう。あの子は昔っから乱暴者だった。田窪君は肘《ひじ》や膝に擦《す》り傷をいっぱい作ってますよ」

「確かに暴力はいかんと私も思います。でも、遠藤に謝らせるなら、田窪にも謝らせてくださいよ」

冨田が聞こえよがしに大きなため息をついた。

「じゃあ、もういいわ。その代わり田窪君の母親から抗議があった時には、小野寺先生が応じてください」

「それで終わりですか。なんで田窪は漢字やなくてカタカナで〝ゲンパツ〟って書いたんやと思います？」

「そんなこと知りません。福島君とは関係ないと本人が言ってるんだから、ことさらに問題を大きくするのはやめてください。いずれにしても、先生ご自身、もう少し当事者の身になって考えていただきたいんですけど」

「なんの話です？」

「神戸からはるばる来て、子どもたちを励ましてくれるのはありがたいけど、大人も子どもも疲れきっているんです。あなたの妙な正義感で、これ以上、私たちの感情を逆撫《さかな》でするのは勘弁してもらえないかしら」

冨田はそれだけ言うと帰りじたくをして、教室の明かりを消した。

「迷惑ってことですか」

「そこまでは言ってませんよ。ただ、誰もまだ心の傷が癒《い》えてないの。みんな大なり小なり生活が大変なのよ。先生だって震災をご経験されているんだから、もう少し繊細な気遣いをしていただけないかしら」

そんな時だからこそ、うやむやにしてはならないことがあるんじゃないのか。小野寺は反論しかけたが、冨田の疲れきった顔を見て何も言えなくなった。

3

福島は、学校から歩いて一〇分ほどの距離にある県営住宅に住んでいる。そこに向かって歩く小野寺の脇を瓦礫《がれき》を積んだダンプカーが続々と粉塵《ふんじん》をまき上げて走り抜けて行く。強烈な砂埃《すなぼこり》に咳き込みながら、福島の母親について考えていた。

家庭訪問や三者面談で話した限りでは、教育熱心でPTA活動にも積極的に参加しそうなタイプに見えた。だが、実際は学校の保護者の催《もよお》しなどには、ほとんど顔を見せない。

印象とはまるで正反対の無関心な態度は、周囲の目を気にするゆえか。だとしたら、俺はなんと迂闊《うかつ》で鈍《にぶ》かったのか。

薄汚れた建物が四棟並んでいるのが見えた。工業団地の誘致に伴って開発されたらしいが、誘致そのものがはかばかしくなく、震災前までは半数近くの部屋が空き家だったと、教頭から聞いている。現在は被災者のための借り上げ住宅となっており、福島はB棟に住み、保科家も同じ棟の住人らしい。

表札のない３０３号室のチャイムを鳴らしながら、どうやって話を切り出すべきか迷っていた。

「はい」

幼い女児の声がインターフォンから聞こえた。

「遠間第一小学校六年二組担任の小野寺です。お母さんはいますか」

「ちょっと待ってください」

しばらく間があって、扉を開けたのは福島本人だった。

「よお、突然で悪いな」

「こんばんは、先生、どうされたんですか」

明るい表情とは裏腹に、福島は用件を察《さっ》していた。案の定、立ちはだかるように扉を閉めた。

「おまえ、"ゲンパツ"って言われてるんか」

「そんな呼び方をするのは田窪君だけです。今日の壁新聞のことだったら、ご心配なく。僕は全然気にしていませんから」

「悪いけど先生は気にするんや。お母さんに会わせてもらえるかな」

「いいですけど、その話はしないでもらえますか。母に心配をかけたくないんです」

福島は扉に体を押しつけて、思い詰めたように小野寺を見つめ返している。

「なあ智史、先生はいつも言ってるよな。子どもが親に気を遣うな、と。大人は、おまえが思っているよりはるかに強いもんや。我慢なんかするな」

泣きそうな顔で首を振る福島の肩に手を置くと、小野寺は玄関に足を踏み入れた。来客の気配に気づいたらしい母親が、ちょうど上がりかまちに立ったところだった。

「あっ先生、いらっしゃいませ。どうされたんですか、智史が学校で何か」

「突然にすみません。ちょっとお母さんにお話ししたいことがありまして。お邪魔します」

無神経を装って、強引に家に上がりこんだ。

「先生！」

「智史、大きな声を出さないで。亜紀《あき》ちゃんと遊んでなさい」

ダイニングテーブルの上を片付けながら、母親は息子をたしなめた。子ども部屋とおぼしき部屋から、妹が恥ずかしそうに様子をうかがっていた。

「よっ、まいど。君は、二年一組の亜紀ちゃんやな」

亜紀は小さく頷いた。

「亜紀ちゃんも先生にご挨拶《あいさつ》しなさい」

「せんせい、こんばんは」

亜紀に向かって右手の親指を突き上げると、彼女も同じように返してきた。まだ何か言いたそうだった福島も母親に背中を押されて、しぶしぶ子ども部屋に入った。

テーブルにつくと、母親が煎茶《せんちゃ》をふるまってくれた。ていねいに淹《い》れた旨《うま》い茶だった。

花瓶に生《い》けられたアジサイの紫が、テーブルの真ん中でやけに目立つ。

「実は今日、ちょっとした事件がありまして」

小野寺は包み隠さず一部始終を話した。福島を、〝ゲンパツ〟と呼ぶ児童がいるというくだりで、母親はおびえたように口元に手を当てた。それでも話を聞き終えるまでは、彼女は何も言わなかった。

「智史君がそんな辛い思いをしているのにまったく気づいていませんでした。本当にすみませんでした」

小野寺は頭を下げた。

「お詫《わ》びだなんて、よしてください。むしろ智史がいらぬご心配をおかけしたようで申し訳ございません」

「いや、お母さん。いらぬ心配やないです。これは智史君一人だけの問題じゃありません。田窪という児童の発言は許しがたいですが、それを叱っておしまいという話でもない気がしています」

母親は湯飲み茶碗を両手で包み込んだまま身じろぎひとつしない。

「先生はどうされるおつもりでしょうか」

「みんなで話し合うべきやと思います。大変な状況で、子どもたちの神経も過敏になってるのはわかります。せやけど、どんな時でもやったらあかんことってあります」

母親はひと口お茶を啜《すす》ってから、深々と頭を下げた。

「これ以上は、そっとしておいてください」

「こんな偏見を放っておいていいんですか」

「問題が大きくなれば、智史はもっと辛い立場になるんです」

今までの穏やかな口調とは異なる強い拒絶だった。

「多くの方が東電に嫌悪感を抱かれるのは当然だと思います。それが偏見とも思いません。それについては、あの子ともしっかりと話し合っています。なので、そっとしておいてほしいんです」

これは家庭内の問題ではない。騒がれるのが嫌なのはわかるが、簡単に引き下がるわけにもいかなかった。

「ウチのクラスメイトにとって智史君は大切な仲間なんです。遠藤などは自分のことのように悩んでいます。それもわかってやってください」

母親の肩から力が抜けたように見えた。

「良いお友達に恵まれてよかったです。遠藤君によろしく伝えてください」

そこで半《なか》ば懇願するように「どうか今日はもうお引き取りください」と言われて、小野寺は仕方なく腰を上げた。

子ども部屋で亜紀の笑い声が響いていた。できるなら福島とも腹を割って話したかった。扉を見つめながら後ろ髪を引かれたが、小野寺は玄関にしゃがんで靴を履いた。その時、子ども部屋の扉が開いた。

「先生、僕は話し合いたいです」

驚いて振り向いた小野寺を、福島がまっすぐに見つめていた。

4

もう一度、小野寺はダイニングテーブルに戻った。今度は福島も一緒だ。母親が泣きそうな声で抗議したが、なだめて座らせた。

「で、智史は何を話し合いたいねん」

「原発について。みんな電気がないと困るのに、どうして急に原発は悪で東電はウソつきって決めつけるんだろうって」

てっきり自分の辛さを理解して欲しいと訴えるのだと思っていた。小野寺だけでなく、母親も驚いていた。

「難しい話やな。なんでそれを話し合いたいと思うんや?」

「原発が危険だと言うなら、ずっと昔から危険だったはずでしょ。でも津波が来るまでは誰も何も言わなかった。なのに、事故が起きたら、東電ばかり非難するのはおかしいと思います。悪口を言う前に原発について知るべきだと思います」

「智史、それは学校で話し合うことじゃないわ」

母が咎《とが》めても、福島はやめなかった。

—お父さんはいつも言ってたんです。日本の原発は世界一安全で地球にも優しいって。なのに今は正反対の話ばっかりです。どっちが本当なのか、僕は知りたい」

小野寺はショックだった。小学六年生の少年がこれほど深く考えているのに、自分はまったく考えていなかった。もちろん、こんな問題意識もない。

「智史の疑問はもっともやけど、それは学校で話し合うことなんやろうか」

「よくわかりません。でも、この間まで原発は地球に優しいって言われてたんですよ。父の仕事が地球のためになるんだと知って、かっこいいなと思いました。それが、事故が起きるなり最悪みたいに言われるのは我慢できません」

気持ちはわかるが、話がデリケートなだけでなく難しすぎる。そもそも子どもたちで議論するのにふさわしいテーマなのだろうか……。

「僕、去年の夏休みの宿題で、電気について調べました。父にもたくさん話を聞きました。電気がなければ工場で物が作れないし、会社だって町だって、電気がなければ何もできない。電気は産業の血液だと言われていると聞いて、凄《すご》いなって感動しました」

ええ父さんやな。きっと智史は父を誇らしく思ったろう。なのに、今や日本中が彼の父の仕事を非難している。

「智史、えらいなあ。先生なんか、そんなこと考えたことないで。スイッチ入れたら、電気はいつでもどこでも使える。そういうもんやとしか思ってなかった。震災が起きるまで電気について真面目《まじめ》に考えたことなかったな」

「僕も先生と変わりません。安全に発電するために、父や原発で働く方々がどれぐらい気を配っているのかを聞いていても、軽く見ていました」

どうやら、学校で〝ゲンパツ〟と呼ばれたことではなく、原子力発電所を今も守り続けている父が悪者扱いされていることに、智史は心を痛めているらしい。

「それならまずは電気について、『わがんね新聞』に書いてみたらどうや」

それぐらいしか思いつかなかった。どう考えても、子どもたちが議論するには重たすぎるテーマだ。

「でも先生、〝ゲンパツ〟の言うことなんて、誰も興味を持ちませんよ」

耳が痛い。だが、クラス全員が協力して、原発を含めた発電についていろいろと調べてまとめればどうだろうか。そう提案したが、福島は聞き流した。

「先生、電気じゃなくて原発が問題なんです。事故が起きてから、東電はずっと悪者です。原発を造ったからです。そして、安全だとみんなにウソをついていたからです。じゃあ、電気を使っていた人は悪くないんですか。みんな今だって毎日使ってる。なのに自分たちは騙《だま》されたから被害者だって変でしょ。僕、遠間市に引っ越す直前に、父に聞いたんです。お父さんは、原発が安全だってみんなを騙していたのって」

小野寺は思わず唸《うな》ってしまった。自分が父親だったら、簡単に答えられないつらい問いだった。

「もう、やめて、智史」

母親の声はかすれている。彼女の顔には怒りも嘆きもない。疲れ果て何もかもがイヤになっているという無表情が痛々しかった。それでも、小野寺までもがここで逃げるわけにはいかない。

「お父さんは、智史に何て答えたんや」

「父は、原発の危険性については電力会社としてちゃんと伝えていたときっぱりと言いました。でも世界一の技術を持つ日本の原発は絶対に安全だと自信を持っていたそうです。なのに事故を起こしてしまった。だから、何を言われても、しょうがないんだ。これ以上の被害を出さないよう頑張るから、応援してくれ――。父はそう言って悔しそうな顔をしました。あんな父を初めて見ました。

それから僕なりに調べました。父の言うとおりでした。東電は原発の危険性についてもちゃんと伝えていました。それが足りなかったのかもしれない。でもウソつきとか騙したとか、そんなふうに悪者にされるのはちょっと違う気がするんです」

一言もなかった。

「そうか、わかった。ほな、おまえ、明日みんなに相談してみろ。僕はこう思うねんけど、みんなはどう思うって」

母親の顔色が変わった。

「先生、やめてください。智史もいい加減にしなさい。そんなことは、学校で話し合うことじゃないでしょ」

「いや、お母さん。智史君の話を聞いていて、私は恥ずかしいと思いました。正直に言いますと、私は原発の問題を避けてきました。でも、それではあかんのやと思います。私は、智史君の勇気ある発言を大切にすべきだと思います」

議論の場を設けることを約束して、話を終えた。顔を上げた母親は、何か言いかけて飲み込んだ。これ以上何を言ってもだめだと諦《あきら》めたのか、悲しそうに首を振った。

「先生にご迷惑をおかけしてしまって……。本当に申し訳ありません」

棟の外まで見送りに出てきた母親が別れぎわに頭を下げた。

「何を謝ってはりますねん。智史君は素晴らしい子やないですか。今、起きていることは一体なんなのか、冷静に考えようとしている。私が恥ずかしくなるぐらいや」

「先生、智史はあんなこと言ってますが、話し合いなんてしないでください。これ以上あの子を傷つけたくないんです。智史も夫も……私も、何を言われても黙って耐えてきました。なのにここでことを荒立てたら、きっとまた心ないことを言われます」

「お母さん、智史君は大丈夫です。田窪という一組の児童が陰湿なことをするのは、大人たちの真似《まね》をしてるんやと思います。誰も悪くない。じゃあ何が悪かったんだろう。この問題にきちんと向き合うべきやと思いませんか」

母親が目を見開いている。だが非難しているわけではなさそうだ。

「たとえ私が止めても、彼はやると思いますよ。傷つくことも承知の上でしょう。それでもやると言ってるんですから、やらしてあげましょ」

「本当に、大丈夫でしょうか」

「智史君の強さを信じましょうよ。彼は凄い奴です。負けませんよ」

いつも驚かされるのは、前へ進もうとする子どもの力だ。どれほど絶望的で悲惨な状況下にあっても、子どもはわずかな可能性を見つけて立ち上がろうとする。生きようとする本能的な力強さを目の当《ま》たりにするたびに、小野寺は大人のひ弱さを何度も痛感した。智史の目には力があった。この一件でたとえ傷ついたとしても、その傷を修復する強さが彼にはあるはずだ。だが母親には息子の強さが見えないのだろう。それもまた当然のことだと思う。

「そうですね、言い出したら聞かない子ですから。先生のおっしゃる通りかもしれません」

母親がしぶしぶ納得してくれたので、ついでに保科圭子《けいこ》のことをたずねてみた。

「今、不登校なのは、ご存じですよね」

「私が圭子ちゃんのお母さんと仲が良かったので家族ぐるみのつきあいでした。ハイキングやスキーにもよく一緒に行きました。圭子ちゃん、本当は明るくて活発な子なんです。お父さんを津波で亡くして、原発事故の影響で家にも戻れず、大変なんだと思います。それで誰とも会いたくないようです」

「なぜ、田窪は、保科が不登校になったのを、智史君のせいにしたんだと思いますか」

「わかりません。先ほど先生からお話を伺って、それが一番ショックでした。圭子ちゃんと智史は幼なじみだし、遠間ではクラスが違いますがずっと仲良しでした。圭子ちゃんのことは誰よりも智史が心配しているんです」

「お父さんが亡くなって、こちらに避難してきたのが原因で不登校になったんでしょうかねえ」

無茶な質問だとわかっていたが、聞かずにはおれなかった。しばらく沈黙が続いたあとで、福島の母は答えた。

「避難してきた頃は、一緒に登校してたんですよ。でも、だんだん欠席がちになって……。お母さんがすっかりふさぎ込んでますから、それが原因かもしれません。お姑《しゅうとめ》さんと同居されているんですが、あまりうまくいっていないようです。圭子ちゃんはそれが心配なのかも」

他のクラスの児童の不登校について、ましてや複雑な家庭事情を抱えている子に、小野寺が安易に関わるのはよくない――とわかってはいるが、なんとかしてやりたかった。

「智史君は毎日、プリントを届けているんですよね」

「ええ。一組のお友達もいるはずなんですが、冨田先生に頼まれたそうで」

なぜ、冨田はそんなことを福島に頼んだのだろう。もしかすると、冨田の事なかれ主義も、保科の不登校の一因ではないのだろうか。

「智史君は、どんなふうに思っているんでしょうか」

「無理に学校に行かなくてもいいよって言ってるようです。でも、圭子ちゃんも六年生ですからね。勉強はした方がいいし、おうちに籠《こ》もるのもつらいと思うんですよ。だから私も会うたびに、よかったらウチに遊びにおいでと声を掛けるんですが、それも遠慮しているようで」

ますます保科に会いたくなった。だがそんな越権行為をすれば、また一悶着《ひともんちゃく》が起きる。

「あの、保科のお母さんに話を聞いていただけませんか。もしかしたら、保科はお祖母《ばあ》さんやお母さんに気を遣いすぎて学校に行けないのかもしれません。それなら、彼女が登校しやすいように手を貸してやりたいんです。ただ、担任じゃない私が出しゃばるのもどうかと思いまして」

返答までにしばらく間があったが、「やってみます」と言って智史の母は引き受けてくれた。街灯に明かりが灯《とも》り始めた。小野寺は突然の訪問を再度詫びてから、県営住宅を後にした。

5

「さて、どんなもんですかなあ」

学校に戻って浜登《はまと》校長に一部始終を報告すると、彼は自ら点《た》てた茶を差し出しながら暢《のん》気《き》に言った。

昼間の騒動を報告した時に福島家に家庭訪問するつもりだと浜登に伝えると、「終わったらその件で話しましょう」と言って学校で待っていてくれたのだ。校長の人の好《よ》すぎる態度には苛《いら》つくことも少なくないが、子どもたちのための最善を常に考える教育者として近頃は尊敬している。それに小野寺の無茶をいつも最初に受け入れてくれるのも彼だった。だがさすがに今回の件は難題らしく、いつもより口数が少ない。

「校長、福島は真っ当なこと言《ゆ》うてますよ。なにか問題ありますかね」

「全部、でしょうな。そもそも小学生が議論すべきテーマなのかどうか……」

「震災だって事故だって、遠間の人はみんな当事者です。そこで噴出する偏見の大本《おおもと》について考えるのに、年齢は関係ないのと違いますか」

福島のためにも、まずは浜登を説得しなければ話は進まない。小野寺は必死で訴えた。

「でも福島智史君は、偏見について議論したいわけではないでしょう。いや、私個人としては、福島君の希望を叶えてあげたいと思いますけどね。しかし、今この時期にあえて子どもたちを原発に向き合わせるのは、時期尚早な気がします。強烈な拒絶反応が出た時にどう対応するか、その覚悟が必要です」

「わがんね新聞」発行の時も一悶着あった。だが結局は、呆然《ぼうぜん》と立ち尽くすばかりの大人よりも先に、子どもたちは現実と向き合うことを選んだ。それを見守るのが教師じゃないのか。

「ならば福島の苦しみを見て見ぬふりしろとおっしゃるんですか。あの子は、皆が目を逸《そ》らしているものについて一人で必死に考え続けているんです」

「うーん」と唸ったきり浜登は天井を見上げてしまった。

「そう言われると、教育者として逃げるわけにはいきませんね。ですが、やはり心配です。原発の恐怖は、子どもにも充分すぎるほど浸透しています。福島君は全校生徒から吊るし上げられる可能性もありますよ。あるいは、保護者も参加させろとＰＴＡは言うかもしれません。そうなれば、大人たちは心ない言葉を浴びせるかもしれませんよ」

「校長、そのために私ら教師がいるんと違いますか。福島を個人攻撃して終わらせるようなことは、私が許しません」

「なるほど、わかりました。明日の放課後、福島君も交えて、もう一度三人でじっくり話し合いましょう。それでも彼がやりたいというのであれば、私も腹をくくります」

「ありがとうございます」

小野寺は立ち上がって頭を下げた。

校長室を退出しかけた時に、もう一つ問題があったのを思いだした。「告げ口するみたいでいやなんですが」と断った上で、冨田の無気力ぶりと保科の不登校への対応について説明した。

「私もうすうす気づいてはいたんですが、それはちょっと問題ですな。冨田先生も震災以降はご家庭が大変でね」

何が大変なのか聞いてみたが、はぐらかされた。

「冨田先生に断りを入れますから、私が田窪や保科と話すのはいけませんか」

浜登は苦笑いして首を振った。

「いや、まずは私が冨田先生と話し合いますよ」

そう言って浜登は腰を上げると、「これから一杯どうですか」と誘ってきた。

6

翌日、浜登は福島に声を掛けて、校庭の片隅に誘った。そこから松原《まつばら》海岸を一望できた。

今年は梅雨入りが遅く、この日も曇天だったが、雨の気配はなかった。

「こんな所に呼び出して申し訳ないね」

浜登が石造りのベンチに腰を下ろすと、小野寺と福島もそれに倣《なら》った。

「私は、ここからの景色が大好きだったんですよ」

大人二人に挟まれて座っている福島は「へえ」と物珍しそうにあたりを見まわしてい

る。福島も小野寺も震災後に移ってきたので、松原海岸の絶景を知らない。今ここから見えるのは、いつも土埃を上げている瓦礫の山ばかりだ。

「すっかり、ずたずたになってしまいましたが、ここは海岸沿いに見事な松林が続いていたんですよ。散歩道としても気持ち良くてね。夏休みには海水浴場になりますが、毎日、子どもたちのにぎやかな声が日暮れまで聞こえてましたよ」

そんな情景と共にあった松林は、もはや一本も残っていない。

「歳を取るとね、自分の知っている景色をこんなふうに奪われるのは辛いものです」

「転校が決まった時、遠間市がどういうところなのか知りたくて、パンフレットを読みました。そこに、松原海岸の写真がありました。きれいな場所だな、転校したら見に行こうって思ってやってきたんです。それがすっかり津波でやられてしまって、残念でした」

「形あるものは必ず滅びる——。ついつい忘れがちなんですが、失ってはじめて気づくものなんですね」

「………」

さて、浜登はどこへ話を持っていくつもりなんだろうか。せっかちな小野寺は心配になってきた。だが、背筋を伸ばしている福島は、浜登の話を熱心に聞いている。

「今回の震災では、誰もが形のないものをたくさん失って苦しんでいる気がしませんか」

「どういう意味ですか?」

目を細めて海を見つめていた浜登が、福島の方に顔を向けた。

「安心とか、気楽さとか、希望とかね。君が気にしている電気の問題もそうかな。あれも形のないものだね。いつでもあると思うと気にもしないけれど、なくなると、とても困る。そして、原発事故は安心も気楽さも希望も奪ってしまいましたね」

やけに回りくどいが、今日はすべて浜登に委《ゆだ》ねると決めていたので黙っていた。

「それは事故のせいだけなんでしょうか」

福島がいきなり斬り込んできた。

「そうじゃないだろうね。今まで想像したこともない出来事が起きて、びっくりしちゃった結果、何もかも失った気分になってしまったのかもしれない」

「僕もそう思います。原発事故は大問題ですけど、誰かを悪者にして済ませていては、いつまで経《た》っても安心も希望も持てません」

「でも、自分にも責任があったって認めるのは難しいことだね。毎日歯を食いしばって生きているのに、そのうえ、あなたたちにも責任があるって言われるのは、辛いな」

「だから、目を逸らすんですか」

福島がムキになって言うが、浜登は相変わらずラクダのような暢気な顔つきだ。

「現実から目を逸らしてはいけない。私たちは、学校でそう言い続けてきました。でも、厳しい現実に負けてしまって、〝大人〟はしばらくの間、現実を冷凍庫の奥にしまっておきたいと思っている」

「それは、大人のエゴじゃないんですか」

迷いない福島の言葉が耳に痛い。

大丈夫か、校長先生。小野寺はいつでも助太刀するつもりで、二人のやりとりに集中した。

浜登は後退した頭を撫でている。

「いや、手厳しいな。確かにそうかもしれない。でも、みんなが君のように強いわけじゃないよ」

「自分が強いとは思っていません。ただ、僕の父は、福島第一原発で今も命がけで闘っています。東電や原発は悪者かもしれません。でも、安心を取り戻すために必死に闘っている人がいるのも知って欲しいだけです」

福島の唇が震えていた。隣で見ているだけで胸が痛んだ。

「電気はみんなのものです。なのに東電や原発は許せないとか、騙したとかと文句は言う。それは卑怯じゃないんでしょうか」

いや、その通りだ。昨夜、小野寺は遅まきながら、原発事故に対する世間の意見を調べてみた。

政府の対応が悪かったというのが第一印象だが、〝原発村〟なる業界の隠蔽《いんぺい》体質も問題とされている。ただ、これまで好きなだけ電気を使っていた利用者が「安全だと思っていたのに、事故を起こして放射能をまき散らすなんて許せない」という被害者意識を振りかざすのは、さすがに違和感を覚えた。

もっとも、世の中はそんな単純やないやろという程度では、福島の屈託の足下にも及ばない。

いずれにしても自分を含めて多くの人が、電気や発電についてあまりにも無関心だったと反省しなければならないのではないかと思う。その一方で、大震災だけでも大変なのに原発事故まで起きてパニックになっている人たちにとって、「俺たちをこんな目に遭わせた悪者」という責める対象が必要なのもわからなくはなかった。

「まったくだ。智史君の言うとおりだね。確かに卑怯だと思う。そんな、大人の一人として校長先生は君に謝りたい。情けない大人でごめんね」

浜登はそう言って心から申しわけなさそうに頭を下げた。

「校長先生……」

「私も小野寺先生も、君に言われるまで自分たちが卑怯だったのに気づかなかったんです。謝って当然です、ねえ小野寺先生」

いきなり振ってこられた。

「せやで、智史。先生もおまえに言われてから、原発や電力について勉強した。恥ずかしい話やけど、知らんことありすぎやったわ。ほんまに申しわけない」

思わず小野寺も頭を下げていた。だが、それもまた卑怯なのかもしれないと思った。

「先生方に謝って欲しいから、学校で原発の話をしようと提案しているんじゃありません」

「それはわかっているよ。私も君の提案を実現したい。ただね、その前にいくつか考えておかなければならない問題があります」

福島は大きく頷いて応じた。

「震災が起きて、三ヵ月余りしか経っていません。まだ、冷静に原発の議論ができない仲間も少なくないんです。彼らに議論を押しつけるのは、どうなんだろう」

「押しつけはしません。でも、話し合う場を設けて戴《いただ》きたいんです」

妥当な線だった。

「結構ですね。では、そういう会を開きましょう。ただし、話し合いをしたら、君が大勢から攻撃されるかもしれませんよ」

「その覚悟はできています」

「智史、軽はずみにそんなこと言ったらあかんぞ、ほんまに攻撃されたら大変やで。大勢から吊るし上げられた経験がある先生には、よくわかるんや。想像以上につらいぞ」

　思わず口走っていた。

「大丈夫です。やらせてください」

　強い意志を宿した瞳に真っ正面から見つめられた。そんな目で見られたら引き下がるしかないなあ。

「いくら丁寧に説明しても、わかってくれない人もいると思いますよ」

「でも、わかってくれる人もいると思います」

「中には、君の訴えを聞いて、傷つく人がいるかもしれません」

　校長の言葉に、初めて福島が動揺した。

「なぜ、傷つくんですか」

「震災で肉親を亡くした人の中には、自分のせいかもしれないと悩んでいる方もいらっしゃいます。そのうえ原発事故まで自分たちが責任を負うべきだなんてことになると、どんな気持ちになるだろう」

それは酷《むご》い指摘だった。だが、あり得る話ではある。のんびり屋に見えて浜登は、時々残酷なまでに現実主義者になる。

しばらく福島は考え込んでいた。

小野寺は見ているのが辛くなって、かつて松林があったというあたりに視線を転じた。いつになったら、この泥色のまちは色彩を取り戻すんだろう。瓦礫の撤去もかなり進み、道路も整備された。人も車も行き交《か》う数は増えたのに、まちはなおもヘドロの色に塗りつぶされたままだ。絶景だったという見晴らしを思い描くには、かなりの想像力が必要だった。

毎日、このまちで暮らしながら、人が生きていくためにはいろんな色彩が必要だと、小野寺は改めて思い知った。そのためには、まちを覆《おお》い尽くしたヘドロを一刻も早く拭《ぬぐ》って、人々が色を感じられる環境を、取り戻す必要がある。

「誰も傷つけたくありません。それでも、僕らは原発問題から目を逸らしてはならないと思います。今は傷ついても、ちゃんと議論して良かったといつかきっと思える話し合いの方法を僕は必死で考えます」

悲痛な福島の声が泥色のまちに被《かぶ》った。

「わかりました。そこまでの覚悟があるのならば、『わがんね新聞』で、話し合いの会を開催すると提案してみましょう。但《ただ》し、強制参加は認めません。また、私と小野寺先生がオブザーバーとして参加して、場合によっては議論にくちばしをはさみます」

弾《はじ》けるように福島は立ち上がると、頭を下げた。

「ありがとうございます！」

「それは私たちの言葉だよ。智史君、私は君の勇気にありがとうって言いたい」

浜登は嬉しそうに目を細めている。その顔を見ていると、もしかするとこの人には、今も鮮やかに松林やまちの彩りが見えているのかもしれないと、小野寺は感じた。

7

「さて、じゃあ智史君、ここからが今日の本題ですよ」

思わず小野寺と福島は顔を見合わせてしまった。

校長は何を言っているんだ。

「原発の話し合いをするためにも、まず先に解決して欲しい問題がもう一つあります」

「なんでしょうか」

福島も怪訝《けげん》そうだ。

「田窪君とちゃんと話し合って、〝ゲンパツ〟騒動に決着をつけてください」

「校長先生、あのことは僕は気にしていません」

浜登の厚い手が智史の背中に添えられた。

「私は気にしています。私は、同級生を〝ゲンパツ〟などと呼ぶような子どもを許しませんよ」

小野寺はあっけにとられた。

「田窪君は、あれは僕のことではなく原発のことだと言っています。僕もそう思っています」

「じゃあ、君のために怒った遠藤君や松井さんの気持ちはどうでもいいんですね」

福島はハッとしたように黙り込んでしまった。

もう蒸し返さなくてもいいのに。浜登は何をする気だろう。

「君はさっき原発や東電の問題を考えるのを先送りしようとした大人を卑怯だと言いましたよね。では、この問題をなかったことにするのは、どうなんでしょう」

小野寺は後頭部をハンマーで殴られたような衝撃に打たれた。

そうや、それを不問に付してはならない。俺たちはそのためにいるんやった。

「君が、あの問題を気にしていないと言っているのは、保科さんのためですよね」

福島が驚いて目を見張っている。

「今日、保科さんの家に行ってきました。そして、保科さん、お母さま、お祖母さまの三人といろいろ話してきました」

保科の不登校の原因は、母の鬱病《うつびょう》と寝たきりになってしまった祖母の介護のためだったらしい。保科は、母と祖母の具合が悪くなったのを自分のせいだと思い、必死で二人に尽くして償《つぐな》おうとしているという。

「お父さまを亡くして保科さんは、ずっと泣いてばかりいたそうですね。でも、転校を機に、明るく学校に行こうと君が励ましたから、通い始めた。そうしたら、お母さまから『お母さんたちより学校の方がいいのね』と言われたんだね。だから、学校に行けなくなった。でも、それを誰にも知られたくなかった」

福島は悲しげに首を振るばかりだった。

「僕は、ひとりで抱えてないで先生に相談しようって圭子ちゃんに言ったんです。でも、圭子ちゃんは大好きなお母さんが心の病気だなんて言いたくないって。じゃあ、僕が学校の出来事を伝えようと思っただけです」

校長は田窪とも話をしていた。最初は、〝ゲンパツ〟が福島を指す言葉だとなかなか認めなかったのだが、校長が保科の件を伝えると、「保科さんは一組の仲間なのに、福島が僕らと保科さんとの間を邪魔していると思っていた。それがイヤだった」と田窪は告白したそうだ。

「田窪君は、君にちゃんと謝りたいそうですよ」

「別に謝ってもらわなくても大丈夫です。一組の人たちにそういうふうに思われていたのなら、僕にも悪いところがあったのだと思います」

福島はそう言って項垂《うなだ》れた。

「君は、保科さんの不登校の原因が、お母さまのご病気のせいだと広まるのを、とても心配していた。だから、君のせいで保科さんは学校に来たがらないに違いないという田窪君の誤解を利用しようとしたんでしょう」

いや、校長、まだ一二歳の子どもがそこまでやりますかね。

小野寺がそう反論する前に、福島が首を激しく振った。

「そうじゃありません。僕を〝ゲンパツ〟と呼ぶのなら、ちゃんと話をしようじゃないかと言いたかっただけで、保科さんとはまったく関係ありません。校長先生、あの話はもうやめてください。僕は気にしていません。だから、保科さんを巻き込まないでください」

それを聞いて、浜登の指摘は的《まと》を射ていたと悟った。

なんや、こいつら子どものくせに、そこまで自分を犠牲にして友達を守るんか。遠藤といい福島といい、なんでそんなすごいことするねん。

「智史君、保科さんは君のことをとても心配していました。田窪君も反省していましたよ」

福島は俯《うつむ》いて足下をみつめたままだ。

「市の福祉課の人と相談して、保科さんのお祖母さまの介護について対応してもらうようにお願いしてきました。お母さまの病気についても、ちょうど今日、巡回で被災地を回っているお医者さまが診てくださっています。私たち大人も、たまには頼りになるでしょ」

小野寺はその場に土下座したくなった。

とぼけたラクダみたいな暢気屋に見えるのに、この校長のフットワークの軽さは現場の教師以上やないか。

「明日から、保科さんは学校に通うそうですよ」

「本当ですか！」

福島の顔が一気に明るくなった。校長が目尻を下げて頷いた。

「今、校長室で田窪君と保科さんが待っているんですよ。君に会って直接お詫びとお礼をしたいって。どうかな」

「もちろんです！」

校長はズボンのポケットから携帯電話を取り出すと、「きてください」とだけ告げた。校長室から、担任の冨田に連れられて田窪と小柄な女子児童が出てきた。

福島は彼らの方に走り出した。

「いや、校長先生、ほんとうにありがとうございました」

福島の背中を見つめながら、小野寺は言った。

「礼には及びませんよ。小野寺先生も頑張ってくれたんです。私もちょっとぐらいは大人らしい仕事をしないとね」

「何をおっしゃってるんです。私なんて目先の問題しか見えへんのに、校長は全部を見通した上で、子どもに一番大切なことをちゃんと気づかせはりました。ほんま自分が恥ずかしい」

福島と二人が校庭の真ん中で輪になって話している。

「おや、雨を待ちわびたようにアジサイが咲き始めましたね」

浜登の示す方を見ると、フェンス越しに植えられたアジサイがピンク色の花を咲かせていた。

「いいですなあ。季節が巡るというのは」

まるでアジサイに誘われるように頬《ほお》に一滴、雨のしずくが落ちた。

泥色のまちに、ささやかな色が添えられた。

「さくら」

1

あかん、やってもた！

目覚まし時計のアラームで一度は起きたのに、二度寝してしまった。小野寺《おのでら》は舌打ちをして、ベッドから飛び起きた。午前八時三分——。

普段なら余裕で準備できる時刻だ。朝食だって摂《と》れる。だが、今日は大遅刻だった。校門に立って、子どもたちに朝の挨拶《あいさつ》をする日直当番なのだ。

まだ七月に入ったばかりだというのに暑さと嫌な夢のせいで、汗だくだった。東北の夏がこんなに暑く寝苦しいなんて。

シャワーを浴びてすっきりしたいが、それも諦《あきら》めた。

「朝っぱらから、汗臭いオッサンか」

冷たい水で何度も顔を洗って、下着を着替えると家を飛び出した。

被災地の小学校の応援教諭として神戸から来て、二ヵ月になる。そろそろ慣れて、気の緩みが出たようだ。

小野寺は必死で自転車をこいだ。

「先生おはようございます」

児童数人の挨拶にも、「おう」とだけ返して一気に追い越し、学校に辿《たど》り着いた。急ブレーキを掛けながら自転車をフェンス脇に立てかけると、仮設の校門に駆けつけた。校舎の坂の下にあった正門は津波で流れてしまったために、仮設が急ごしらえされたのだ。

「すまん、寝坊してもた」

「小野寺先生、おはようございます。髪の毛が爆発してますよ」

児童たちに挨拶する合間に、同じく日直の三木《みき》まどかに指摘された。教員になってまだ三年目の若さだというのに、物静かで今どき古臭いくらいの生真面目《きまじめ》な教師だった。あんなに張り詰めて疲れないかと思うほどだ。

「マジで。まあ、今日はそういう髪型ってことで。おっ、奈緒美《なおみ》、おはよう」

自分が担任する児童を目ざとく見つけると、大声をあげて寝坊の話題を一蹴《いっしゅう》した。

「あっ、先生。おはようございます」

「新しい家の住み心地は、どないや」

「いいけどね。遠いから早起きしなきゃなんないのがね。やっぱ、体育館は近くて便利だったわ」

「ぜいたく言うな」

津波で家が流され、震災直後から体育館の避難所で暮らしていた松井《まつい》奈緒美は、二週間前に祖父母の自宅に建て増しした新居に引っ越したばかりだ。

「それより、先生、髪の毛爆発してるよ。寝坊でしょ」

「やかましいわ。最新ファッションじゃ」

「ださ。そんなセンスじゃ、まどか先生に嫌われるわよ」

「アホか、子どもがしょうもないこと言うな」

奈緒美は二人の教師に敬礼して校門を潜《くぐ》った。三木が隣で笑いながら受け流している。

もうすぐ夏休みだというのに、あたりを見渡せば、瓦礫《がれき》がそのままという地区も多い。それでも、登校してくる児童の様子を見る限りは、日本中のどこにでもある朝の光景だった。

午前八時二五分のチャイムと同時に教頭が交替に来て、日直当番から解放された。放っていた自転車を駐輪場に置いて、教室に向かわねば。

「三木先生ですよね」

男性の遠慮がちな声が聞こえて、小野寺は振り向いた。黒いビジネスバッグをたすき掛けにした冴えない中年男が立っている。

「先日、お電話した フリージャーナリストの滝野《たきの》です。取材に、ご協力戴《いただ》けませんか」

三木の顔が引き攣《つ》っている。彼女が無視して校舎に続く坂道を上りかけると、ジャーナリストは遮《さえぎ》るように立ちはだかった。

「あの時、何があったのか。沙也加《さやか》ちゃんのお父さんが知りたがっているんです。それに答えるのは、教師としての義務だと思われませんか」

「申し訳ありませんが、お話しすることは何もありませんので」

「ちょっと、あんた、何者や」

見るからに剣呑《けんのん》なやりとりに、小野寺は二人の話に割り込んだ。

「失礼しました。遠間《とおま》南小学校で亡くなられた児童について取材をしている者です」

差し出された名刺には、〈ジャーナリスト　滝野敏也《としや》〉とある。

「そういうのは、まず取材依頼するのが筋やろ。まずは教頭にたずねたらどうや」

だが相手はなおも三木に迫ろうとしたので、教頭がようやく近づいてきて助け船を出した。

「取材はお断りと、以前から何度も言ってますよ。帰ってもらえますか。小野寺先生も教室に急いでください、朝礼が始まりますよ」

この男の出現は、これが最初じゃないということか。なんで、こんなやり方で三木先生に詰めよるんや。

三木に事情を聞こうとしたが、彼女は既に校舎の中へ逃げるように去っていた。

始業の鐘が、校庭に鳴り響いた。

2

放課後、浜登《はまと》が一人の時を見計らって、朝の出来事を報告した。

「教頭先生から聞きました」

万事に温厚な浜登は、自分に用がある者に対してまずお茶を点《た》てでもてなすのが常だ。茶道の心得のない小野寺としては御免被《こうむ》りたいのだが、なぜか「遠慮します」と言わせない雰囲気があり、畏《かしこ》まって茶を戴いてしまう。お茶にはかりんとうが添えられるのも決まりで、今日は黒糖かりんとうだった。

「滝野というジャーナリストは、遠間南小学校のことで取材したいと言ってました。確か三木先生が震災当時勤めておられた学校ですね」

「そうです。小野寺先生は、遠間南小学校についてどの程度ご存じですか」

「実はほとんど知らんかったんで、さっきインターネットで調べてみました。校長先生と児童が一人、被災して亡くなってますね」

「厳密には、亡くなった児童は一人じゃありません。地震が起きてまもなく児童を迎えに来て被災した家族が一三家族いらっしゃいましたから」

良いことではないのかもしれないが、小野寺は他校の被災状況について、敢《あ》えて詳しい情報を得ようとしなかった。あそこでは何人が亡くなっただの、どこそこでは死者がゼロだったのという記録をいくら知ったところで、今さらどうすることもできない。未曾有《みぞう》の大震災が起きて、誰もが瀬戸際の選択肢を突きつけられ、結果、亡くなった人と生き残った人に分かれたに過ぎない。ニヒリズムや無関心ではない。小野寺自身が抱える「痛み」と向き合って得た境地だった。

震災当時に三木が勤務していた遠間南小学校は、全校児童が一〇〇人余りの小規模校だった。海岸線からは充分に離れた立地ではあったが津波に襲われ、二階建ての校舎は壊滅的な被害を受けた。もっとも校長の判断が的確で、学校に残っていた六七人の児童と一〇人の教員は、近くの高台に避難して無事だった。ただし逃げ遅れた児童一人と校長が犠牲になっている。

震災による幼稚園児・小中学生の死者、行方不明者は東北三県で六一七人にのぼるが、保護者に引き渡した後の帰宅途中で交通渋滞に巻き込まれて身動きがとれず死亡したケースが目立ったという。従来の震災対策マニュアルでは、地震後速《すみ》やかに保護者に子どもを引き渡すようにと指導している。だが、それが結果的に多くの子どもたちを犠牲にした。

「それにしても、あの怪しげなジャーナリストは何者なんですかね。なんで三木先生に取材するんですか」

「ご存じの通り犠牲になった児童が一人いましてね。糸居《いとい》沙也加ちゃん、当時五年生でした。高台に避難しようとした時に、トイレに行っていたために逃げ遅れたと」

校長は自ら点てた茶をゆっくり飲みながら言った。

学校の指導で全員が避難する中で一人だけ犠牲になったのはなぜかと、問題視されているのだという。高台に避難する際に担任が点呼を怠《おこた》り、避難の途中で児童が一人足りないのに気づき、慌《あわ》てて救出に向かったが助けられなかったらしい。

一方、校長が亡くなったのは、避難してきた住民へ高台に逃げるよう伝えるために校内に止《とど》まったからだ。同小は地区の指定避難所だった。生真面目《きまじめ》な責任感ゆえに逃げるタイミングを逃し、低体温症で亡くなったとある。

「その沙也加ちゃんの担任が、三木先生でした」

「なるほど、そういうことか。かわいそうに」

小野寺が遠間第一小に着任したのは、震災から二ヵ月経った五月の連休明けで、ようやく授業が再開された頃だ。ほとんど予備知識を入れずに乗り込んだせいもあるが、第一小学校ひとつとっても、耳を疑うような事情が山のように存在する。このまちの誰もが大なり小なり辛《つら》い経験をしている。それが大災害で生き残った者の苦しみなのだ。

「気丈な先生ですから。きっといろいろと辛いことを抱えていると思うんですがね」

「そりゃ、そうでしょ。ほんまにマスコミはひどいですね。何かあると誰かを標的にして責任追及して、溜飲《りゅういん》を下げようとする。せやけど、亡くなった子の担任が三木先生やったからって、この場合は不可抗力でしょ」

「沙也加ちゃんのお父さんが、真相を知りたいと訴えているらしくてね」

沙也加の母親も津波で亡くなっているが、父親は当時、東京にいた。両親が離婚しており、沙也加は母親の実家がある遠間市で暮らしていたのだ。

「真相って、何か問題でもあったんですか?」

「三木先生は高台に避難する途中で沙也加ちゃんがいないのに気づいた。それで学校に戻り彼女をトイレで見つけた。連れて行こうとしたのですが、僅《わず》かの隙に、なぜか沙也加ちゃん一人が校庭にいたんです。そこに津波が来た。沙也加ちゃんがどうして校庭に逃げたのか、その理由がわからないんです」

三木の脳裏《のうり》には、その光景が鮮明に刻まれているだろう。

「管理責任を問うべきだという声が、マスコミの一部と沙也加ちゃんの父親から上がっているようですね。今朝のジャーナリストも、きっとその口でしょう」

三木に全責任があるようにマスコミは責め、「事実の究明こそが我が使命」とばかりに無神経な取材を止《や》めないという。極限まで追い詰められた中で冷静な判断を求めること自体が、無茶な話なのに……。被災した状況を、多くの人に知ってもらうためにマスコミの役割は重要だろう。原因究明も必要と思うが、小野寺はマスコミの「震災報道」なるものがどうしても好きになれなかった。

悲惨な場所で、頑張っている被災者という視点で、やたらドラマ仕立てに感情を煽《あお》るかと思うと、未曾有の天災だったにもかかわらず、それを人災と決めつけ、当事者の責任を徹底的にあげつらう。誰かのせいにしたいという被災者感情は致し方ないとは思うが、実際のところ甚大《じんだい》な災害において、加害者なんて存在しない。

やり切れない気分で浜登と茶を啜《すす》っていると、校務員が先に引き上げると声を掛けてきた。学校に残っているのは、小野寺と校長だけのようだ。

「それにしても、三木先生は、よく助かりましたね」

「校舎の屋上に逃げたそうです。トイレで沙也加ちゃんを見つけたのとほぼ同時に、津波が迫っているので屋上に逃げようと校長が叫んだ。それで沙也加ちゃんの手を引いて階段を駆け上ったそうです。ところが、そこで校長先生が持病の心臓発作を起こして、動けなくなった」

想像するだけで胸が痛む。

「校長先生の手当てに夢中になっていたら、そばにいたはずの沙也加ちゃんがいない。そして校門に向かって走る沙也加ちゃんが見えたそうです。追いかけようとしたそうですが、校長に止められたとか」

そして津波が沙也加ちゃんを飲み込んでしまった――。

「その日、三木先生と校長は屋上で夜を明かしたそうです。救出が間に合わず、校長先生は低体温症で亡くなられました」

震災直後から雪が降り始めたと聞く。そんな日に屋上で夜を明かすだけでも、決死の覚悟だったろう。心臓の悪かった校長も不幸だが、生き残った三木が凄絶《せいぜつ》な記憶と共に今を生きているのもまた辛い現実である。

「三木先生は、翌朝、捜索に来たヘリコプターに救出されました。彼女の命も危なかったのですが、何とかとりとめたんです。若さでしょうね」

その後、どうしても亡くなった児童の遺族に詫《わ》びたいと、三木は退院直後に沙也加の祖母に会っている。

「しっかりと手を握っていたら、あんなことにならなかったと、三木先生は繰り返し詫びたそうです。ただね、亡くなった沙也加ちゃんは不登校気味で、軽い行動障害がありました。些細《ささい》なことでもパニックに陥《おちい》って、突然、泣き出したり走り出したりする行動が日常的に見られていました。そういう理由もあって、お祖母《ばあ》さまは三木先生を責めなかった」

だとすれば、当時、遠間から遠く離れた場所にいた父親やマスコミが、騒ぐことではないはずだ。

「なんか、ええ方法はないんですか」

「良い方法があれば、ぜひ教えてくださいよ、小野寺先生」

三木の辛さを拭《ぬぐ》い去ることは難しくても、むやみに攻撃にさらされる状態から守ってやるくらいはできるのではないか。

「私が、そのジャーナリストに話をしましょか」

「取材やめんかいって先生が怒鳴ると迫力あるでしょうねえ」

妙なイントネーションの関西弁で返されて、小野寺の気が抜けた。

つくづく無力だと思う。災害の悲劇は、第三者が軽はずみに踏み込めない。小野寺自身が阪神《はんしん》・淡路《あわじ》大震災で実感したことだ。それでも何か力になってやりたいと強く思う。

「三木先生と話をしてもいいですか」

「それは、認められません」

きっぱりと即答された。

「三木先生については、伊藤《いとう》先生に一任しています。小野寺先生のお気持ちはありがたいですが、今はただ、見守ってあげてください」

伊藤は教務主任のベテラン教諭だった。赴任直後の小野寺が、児童のストレス発散を目的に始めた壁新聞の「わがんね新聞」発行に強硬に反対した人物でもある。

「伊藤先生ではきついんとちゃいますか。あの人は融通がきかへんから」

「いえ、彼女しかダメなんです」

「どうしてですか」

校長は、かりんとうをひとつ口に放り込んでから答えた。

「伊藤先生は、亡くなった遠間南小学校校長の夫人だからです」

3

一学期の終業式が目前に迫ってきた頃、夏休み期間中も子どもたちに学校を開放したいと浜登から相談を受けた小野寺は、イベントの計画を引き受けた。三木の件は気になっていたが、イベントの準備に追われて何もできないまま日が過ぎていた。

その日、職員室でパソコンに向かっていたら、三木から声を掛けられた。

「夏友《なつとも》イベントのこと聞きました。私にも手伝わせてください」

夏休み企画の名称を勝手に夏友と命名していた。小野寺が子どもだった頃、夏休みに学校から配られた「夏休みの友」という問題集にちなんでつけた。もっとも、勉強するつもりはまったくなかったが。

「ほんまですか。それは助かります」

「私イベント好きなんで、なんでもお手伝いしますよ」

「それは助かる！　他の先生に頼んでも、忙しいからって断られてばかりで困ってたんです」

三木が近づいてきてパソコン画面を覗《のぞ》き込んだ。その横顔を見るかぎりは元気そうだ。

「今、企画書を作ってたんです。ご意見ご感想募集中です」

三木に渡す企画書をプリンターで印字するため小野寺は席を離れた。戻ってきたら、デスクの上の写真立てを三木が見ていた。

「小野寺先生は夏休みに神戸《こうべ》に帰られないんですか」

「神戸の教育委員会からは帰省するよう言われてますけど、私は残ろうかなって」

「でも、ご家族が寂しがられるのでは」

「寂しがる家族なんていませんよ。ひとりもんなんです」

「えっ、そうなんですか。ごめんなさい。私、てっきりご家族がいらっしゃるのかと思ってました」

彼女の視線が、再び写真立てに向けられた。少女と女性と並んで笑顔の小野寺が写っている。

一瞬、嘘をつこうかと思った。だが、どうせバレるに決まっている。

三木が息を飲んだ。

「震災でね」

「ごめんなさい！　私、無神経なことを……。申し訳ありません」

今にも泣きそうだ。

「謝らんでもええですよ。もう一六年も経《た》ってますからね。それに気にするくらいなら、こんなところにこれ見よがしに写真なんて置きませんよ。他の先生にも聞かれますけど、普通に説明してますよ」

それは嘘だった。妻と一人娘を阪神・淡路大震災で失ったのを知っているのは浜登だけだ。

「古い家に住んでたんやけど、阪神大震災で倒壊してね。嫁さんと娘が下敷きになってしもた。私だけ地元のスポーツ少年団のスキー合宿に参加していて、家におらんかったんです」

娘と妻の名を必死で叫びながら、何時間もシャベルで地面を掘り続けた時の光景が脳裏をかすめた。

だが、心臓を突き破るような悲しみが込み上げることはもうなくなった。胸の奥に鈍い痛みを感じる程度だ。忘れるつもりはないが、悲しみには慣れてしまったようだ。

「まっ、気にせんといてください。それより、夏友のことですけどね——」

小野寺家の写真に釘付けになっている三木の気をそらすために、打ち合わせテーブルに誘った。

すっかり顔色を失っていた三木も、あれこれ話すうちに普段の表情に戻った。話に熱中しすぎて、気づいたら日が暮れていた。

「ごはんでも、行きませんか」

なんとなく誘ってみたくなった。

「先生と二人で？　どうしようかな」

「俺なんかとメシ行ったら、伊藤先生は怒るかなあ」

帰り支度をしながら、無理強いしないよう気をつけた。三木は、今、伊藤の家に身を寄せていると聞いている。

「伊藤先生は、今夜は県の会合があるので遅いんです」

「ちょうどええやん。そんなら鬼の居ぬ間に洗濯ってことで」

冗談が受けたらしく、三木は手を軽く叩いて笑った。食事に誘うといっても、浜登とよく行く仮設の復興市場ぐらいしか知らなかった。

「じゃあ、私の知ってるお店に行きませんか。市役所のそばに、伊藤先生とよく行く洋食屋さんがあるんです」

4

その店は大きな被害を受けなかったらしく、震災後も早くから営業再開して舌の肥えた地元民で賑《にぎ》わっていた。カウンターだけの小さな店だったが、地方にあるとは思えない雰囲気だった。

暑い夜と若い女教師への気遣いで、小野寺の喉《のど》はすっかり渇いていた。

「ビール、呑みません？」

「そうですね。今日も暑かったし、私も戴こうかな」

生ビールを二つ頼んで、料理の選択は三木に任せた。

よく冷えた生ビールで乾杯すると、小野寺は一気に半分ほど空《あ》けた。

「やっぱ夏は生ビールに限るなあ」

「小野寺先生、豪快ですね」

そういう三木の呑みっぷりもなかなかだった。

南小の一件は絶対に話すまいと決めていた。小野寺自身、妻子を失った悲しみを乗り越えるのに厖大《ぼうだい》な時間が必要だったのだから。

――もし、三木先生が相談してきたら乗ってあげてください。あなたは深い悲しみを乗り越えて来た人だから、三木先生の力強い支えになれると思いますよ。でも、本人がその気になるまでは、そっと見守ってあげましょう。

校長の言葉を思い出して、神戸で勤務していた頃の馬鹿話と遠間で暮らし始めてからの失敗談を連発した。三木はよく笑い、よく呑んだ。初めて見る明るさだった。

「なんだか、今日は弾《はじ》けちゃいそうな気分です。私、今の学校では猫被《かぶ》っているんですけど、南小の時は、毎日、校長先生に注意されるダメ教師だったんです。もう、とにかく遊びたくて」

生ビールを二杯、白ワインをグラス半分ぐらい呑んだところで、三木の顔はほんのり赤く染まっていた。

「ほんまかいな。じぶん、むっちゃ真面目な先生に見えるけどな」

「とんでもない。〝はっちゃけまどか〟って言われてました。問題ばっかり起こすし、子どもたちからも、〝まどかちゃん〟って呼ばれて、調子に乗っていました」

お楽しみ会で、子どもたちと一緒にヒップホップを踊り狂い、校長に雷を落とされたこともあるという。

「日曜日に子どもたちとカラオケボックスに歌いに行ったのがバレて、叱られたこともありましたねえ。別に悪いことじゃないと思うんですけど」

そうだ、二〇代の女の子はこういう顔をするもんだ。明るくはしゃぐ三木を見て、小野寺は嬉《うれ》しかった。

「だから私、小野寺先生が初めて学校に来られた時、私より弾けている先生がいるって、すごい衝撃でした。負けてられない！　ってちょっと思ったりもしました」

「それは光栄やな。その挑戦、受けて立つよ」

互いにワイングラスで乾杯して笑った。

「『わがんね新聞』が発行された時は、やられたって思いました。私も、子どもたちにもっと愚痴《ぐち》を言わせてあげたいって思ったんですけど、なかなかそんな状態じゃなくて」

〝遠間市立遠間第一小学校の諸君
まちは全然復興しないし、家にも帰れない。こんな生活はイヤだ。いや、おかしいぞ！　みんな、もっと怒れ、泣け、そして大人たちに、しっかりせんかい！　と言おう。

「わがんね新聞」は、世の中と大人たちに、ダメだしをする新聞です〟


小野寺が創刊号に書いた檄文《げきぶん》を、三木は諳《そら》んじた。

「素晴らしい先生だなあって。私もこんな先生になりたいって」

「褒《ほ》めすぎや。俺は天《あま》の邪鬼《じゃく》なだけですよ。子どもたちはのびのび育って欲しい。そう思ってるだけです」

「だから凄《すご》いんです。私なんて、まず自分が楽しまなきゃって思ってた。本当はね、教師になんてなるつもりなかったんですよ。ずっと東京で暮らしたかった」

就職難だったのと、交際していた相手に別れを切り出されて自棄《やけ》を起こしたのだという。

「すっかり引きこもってたら、地元の教職でも受けたらどうだって父に言われて。別れた彼氏にバカ女って言われてたんで、見返してやろうと思って。そしたら採用が決まっちゃいました」

たいして親しくもない小野寺を前にあっけらかんと話すまどかは、確かに〝はっちゃけ〟だった。

「そんな不純な理由で教師になった人います？　そんなテキトー人間が、学校の先生やっちゃダメですよ」

「そうかなあ、そういう先生もいた方がおもろいやないか。フラれた男にバカ女って言われるなんて、そんな人生の挫折を知っているのは大きい」

「ホントですか。教師になってからは、怒られてばっかりです。何をやっても非常識だって……。でも、まあいいかなって。自分でも意外だったんですけど、子どもが好きだって気づいたんですよ。あいつら、毎日、おもしろいんです。最高じゃんって思った」

そういう教師が良い先生になるのだ。小野寺自身はもっと高尚な理由で教師になったが、現場に出るなり見事に打ち砕かれた。教育は理想を押しつけるもんじゃない。そう気づいたのは、ほんの数年前のことだ。

「小野寺先生には教師魂《だましい》があるって言われませんか？」

「なんや、それ？」

「教師魂って、神戸では言わないのかな。つまり、教師としてのど根性ですね。私にはそれがないって叱られてます。子ども好きなのはわかるけれど、結局は自分が一番楽しんでるだけだって」

三木の〝素顔〟のおしゃべりが続き、大いに盛り上がった。その雰囲気のままお開きにしようと思った時に、三木が不意に黙り込んだ。またいつもの三木先生に戻っていた。

校長と伊藤教務主任に叱られるのを承知で、踏み込んだ。

「先生、今のままやったらしんどいやろ。それでも辞めへんのは、なんでですか？」

「えっ？」

三木は怯《おび》えたような目で小野寺を見てから、長いため息をついた。

「何でかな。本当は、逃げだしたいんです。私、教師に向いてないし、こんなまちにいたくないし、誰も知らないまちで暮らしたいってすごく思います。でも」

それが、できない――。俺もそうやった。神戸から逃げたい。教師なんてまっぴらや。

そう思ったが、離れられなかった。

生き残ったくせに逃げるんか。妻と子が生き埋めになって苦しんだ場所を捨てるんか。

そんな自責の念に縛《しば》られて身動きが取れなくなってしまった。

「ほんまに、辛かったら、教師辞めてええと思うよ。このまちにいるのがたまらんかったら、東京でもどこでも行けばええねんて思う」

「じゃあ小野寺先生は、どうして神戸から逃げなかったんですか」

「なんでかなあ。実は俺も教師なんて向いてへんってずっと思ってたし、神戸にいたらまちのあちこちに家族との思い出があってな、それは辛かった。けど、だから離れられへんかった」

「私には、そんなものないんですよ。確かに県内出身ですけど、大学は東京だったし遠間には縁もゆかりもない。教師になってからも二年ちょっとですよ。私みたいなのが教師やるより、もっと相応《ふさわ》しい人がたくさんいます」

自棄気味に酒をあおろうとするのを、小野寺は止めた。

「三木先生は、自分が楽しまなきゃと思ってたんやろ。それでええやないですか。教師という仕事をおもろいと思えたんや。その気持ちを大切にせな」

三木は静かにグラスを置くと、体中の空気を吐き出すようなため息をついた。

「一緒のことを言うんですね」

「誰とです」

「亡くなった伊藤校長先生も、そうおっしゃったんです」

あかん。これ以上は、俺は立ち入ったらいかん話や。話題を変えようとしたが、すぐに思いつかなかった。

「校長先生ほどのエライさんが俺とおんなじことを言うって、嬉しいなあ」

アホか。なんで話に乗ってるねん。

「小野寺先生とは正反対のタイプでしたよ。今の校長先生とも違うかなあ。頑固で厳しくて、高圧的な先生でした。きっと男尊女卑だったと思う」

口調は軽いのに三木の唇《くちびる》が震えていた。

目を逸《そ》らそうとしたが、彼女の目が潤んでいるのを見てしまった。

「本当に厳しくてイヤなオッサンでした。大嫌いだった」

でも、今は大好きだと聞こえた。彼女はハンカチで強く両目を押さえている。

「せっかく楽しく呑んでたのに辛気《しんき》くさくてすみません。小野寺先生としゃべっていると、なんだか気が緩《ゆる》んで」

「なんぼでも緩んだらええ。我慢したらあかんのは、子どもだけやないです。教師かて人間や。辛いことは吐き出さなあかんよ」

俺はでけへんかったけどな。けど、だから言えることもある。

「私、伊藤校長と約束したんです」

「どんな?」

「教師を辞めないって。……あの日、寒くて凍えそうな南小の屋上で、本当に苦しそうにされていた校長先生が、最後に私の腕を摑《つか》んで、三木先生のような人こそ子どもたちには必要だ、っておっしゃったんです。だから生き抜いて欲しい。そして教師を続けてくれって」

三木の目を覆《おお》っていたハンカチの下から涙が伝った。

「俺が調子乗ったばっかりに嫌なこと思い出させてしもたな。ごめんな、申し訳ない」

「いえ、私が勝手に泣いているだけです。それに先生になら、こういう話できるかもって、なんとなく思ってたんです。先生は津波の被災者じゃないから。私の辛い気持ちをぶつけても、『辛いのはみんな一緒だから』とか言わないかなって。だから今日は誘っていただいて、ラッキーって思ってたんです」

「俺は部外者やから、遠慮せんでええで。内緒やけど、校長先生もしょっちゅう俺と呑みに行っては、ずっと愚痴ってはるで」

「ありがとうございます。先生とお話しできて良かったです。嬉しかったです」

一人で帰るという三木をなだめながら、小野寺は並んで歩いた。伊藤の表札がある大きな家は暗く、玄関灯だけが点《つ》いていた。伊藤教務主任は県の寄り合いからまだ戻っていないようだ。

「良かったら、またごはん行こか」

「本当ですか。ぜひ、お願いします。今夜は本当にありがとうございました」

彼女が児童なら、躊躇《ちゅうちょ》なくハグしただろう。さすがにそれは憚《はばか》られ、小野寺は軽く肩を叩いた。

「俺のようなアホでも、役に立てたら嬉しいよ。おやすみ」

三木が門扉《もんぴ》を開けた時だった。暗がりから人が現れた。

「夜分にすみません」

例のジャーナリストだった。三木が身を固くして立ちすくんでいる。

「なんや、あんた。まだ、懲《こ》りてへんのかいな。本人が嫌がってるんや、帰れ」

「用があるのは、あなたでなく三木先生です。三木先生、一度だけでいいんです。ご遺族の前でお話しになるのが嫌なら、私だけでも結構なので、あの時、何があったのかをお話し戴けませんか」

酔いも手伝っているが、小野寺は怒りを堪《こら》えられなかった。

「あんた、ええ加減にせえよ。本人がしゃべりたないって言うてるんや。それを強要するんか」

「強要してませんよ。でも、学校の管理下で、児童が死んだんです。しかも、三木先生は生きている。何があったのかを説明するのは、教師の義務でしょう」

口調は穏やかだったが、言っていることは無神経すぎた。

「なんやと、おまえ、何様や。マスコミやったら、何してもええと思てんのか」

思わず相手の胸を押してしまった。ジャーナリストが尻餅《しりもち》をついた。

「おい、何をするんだ。教師が暴力を振るうのか。これは問題だぞ」

「なんぼでも問題にしてくれ。俺は困らへん。けど、そん時は覚悟せえよ。おまえが若い女性の帰宅を待ち伏せして、言いがかりをつけたってことも言わせてもらうからな」

「お好きに。あんた、第一小の教師だろ。なんて名前だ」

「小野寺徹平《てっぺい》や。なんやったら生年月日と血液型、星座も教えたるで」

「先生、やめてください。わかりました。わたし、沙也加ちゃんのお父様に会います」

その一言で、滝野の動きが止まった。

三木の思いつめた顔は、白々しい街灯のせいで青ざめて見えた。

5

「やっぱり、やめませんか」

車のハンドルを強く握りながら小野寺は、もう一度提案してみた。後部席に座っている三木はルームミラー越しに目を合わせて首を横に振った。

「いつかはやらなくっちゃならないと思っていたんです。もう逃げません」

三木の隣で腕組みしている伊藤の刺すような視線が痛かった。

あの夜、ジャーナリストと入れ替わりで伊藤教務主任が帰宅した。彼女は、小野寺が三木と一緒にいるだけで激怒した。伊藤には罵詈雑言《ばりぞうごん》の限りを浴びせられた。そして翌朝、校長を交えてさらに絞られたが、小野寺はひたすら耐えるしかなかった。

伊藤と浜登が何度も止めたが、沙也加の父に会うという決意を三木は曲げなかった。彼女自身が段取って、次の土曜日の午後に隣町のホテルで面会するという。しかもジャーナリストも同席するらしい。

そのうえ、小野寺に取材に立ち会って欲しいと三木が言い出した。これまた一悶着《ひともんちゃく》あったのだが、伊藤の同行を条件に了承された。

指定された客室を訪ねると、滝野と沙也加の父親だけでなく、テレビの取材チームまでもが待ち構えていた。

「テレビが立ち会うなんて聞いていない」と伊藤が強硬に反対したが、結局それも三木が認めてしまった。

沙也加の父親は外資系の生保会社に勤務するサラリーマンで、表情が乏しい男だった。三木が御霊前にと果物かごを手渡したが、何も言わなかった。

いやな雰囲気の中で、三木は静かに話し始めた。

「あの日、私たち五年生は、卒業式で六年生を送り出す歌の稽古《けいこ》をしていました。沙也加ちゃんはダンスパートを担当していて、歌に合わせてしっかりと踊っていました」

一語一語を確認するように三木は語った。

父親は黙ったまま何の反応も示さない。

「おうちでお母さんと一緒に踊っているのよ、と話したことがありました」

三木は気丈だった。しっかりと父親の目を見て話している。

「みんなの歌と踊りがひとつにまとまって、いい感じになってきた時です。突然、轟音《ごうおん》がしたかと思うと、地面が大きく揺れました」

午後二時四六分、東日本大震災の発生――。

「おそらく私が一番パニックになっていたと思います。みんなは悲鳴を上げていましたけれど、ちゃんと机の下に隠れて、揺れに耐えていました」

震災時の避難マニュアルでは、一次避難は机の下に隠れる、だ。

一揺れが落ち着いたところで、児童を校庭に誘導するようにという指示が教頭先生からありました」

校長は校庭に全児童が避難したのを確かめたうえで、児童を保護者に引き渡す準備をするよう担任らに命じた。親の迎えがない子は、体育館に集めるようにとも。

「それがマニュアルだったんです。でも、誰かが津波が来るって言い出して。あのあたりは海抜も低いので、裏山に避難すべきだという意見が出ました。そして最後は校長先生が決断されました」

高台避難についてマニュアルに明記されていなかったことが、後に問題になった。多くの学校では、現場の先生の機転で校庭や体育館ではなく、高台や校舎の上層階に子どもたちを誘導して難を逃れている。

そこまで話すと三木はグラスに入った水を一気飲みした。そして、深呼吸してから話を続けた。

「山に向かっていた途中に、沙也加ちゃんがいないと児童が気づきました。そんなはずはない、私が手を引いて、教室から校庭に連れてきたんですから。でも、校庭で一緒に待機していた時に、教頭先生に用事を頼まれて、彼女と離れました。そこでトイレに行くって言い出したらしくて。私は動転していて、迂闊《うかつ》にもそれを確認し忘れました」

三木は頭《こうべ》を垂れて、言葉を詰まらせた。だが、すぐに気を取り直したように続けた。

「私は校舎にとって返しました」

「それは、何時頃でしょう？」

ジャーナリストの滝野が口を挟んできた。

「時計を見る暇なんてありませんでした。とにかく沙也加ちゃんを助けなくちゃと、それしか頭になかったんです。一階のトイレにはいませんでした。二階で見つけました。すっかり怯えていて、私が抱きしめると泣き出し、背中を撫でて落ち着かせました。その時はまだ津波の気配はありませんでした。むしろ、とても静かでした」

「だとすると三時前ですね」

ジャーナリストはそう言いながら深く頷きメモしている。

それがどないしてんや！　と怒鳴りそうになるのを小野寺は飲み込んだ。

「その時、まだ校長先生は校舎に残っておられました。学校は、地区の避難所に指定されていたので。でも、いよいよまずいってことになって、一緒に屋上に逃げました」

小野寺は伊藤の表情を覗き見た。校長夫人である彼女もずっと悲しみと葛藤してきたのだ。

「階段を上っている最中に、校長先生が突然苦しまれました。心臓の持病をお持ちなんです。急いで校長先生の手当てをしました。ネクタイを外して、いつも身につけておられるお薬を手に握らせてから、水を取りに行ったんです。戻ってきて校長に水を飲ませようとしたら、そばにいたはずの沙也加ちゃんがいません」

重苦しい沈黙が流れた。誰も身じろぎもしない。

「名前を呼んでも返事がなくて……。私、パニックになって泣き叫びながら、探しました。その時、校舎から飛び出して校庭を走る沙也加ちゃんの姿が見えたんです。……そしてその向こうに波の壁が迫ってきました」

なんでそんなことが起きるんや。この若い教師が目にした光景を想像すると、胸が苦しくなった。

「階段を下りて追いかけようとして、足が竦《すく》みました。津波に向かってとても走れなかった。私、怖かったんです。『沙也加ちゃん、戻って！』って叫ぶのが精一杯でした。その直後、黒い波が、沙也加ちゃんを……」

耳なりがするほどの重苦しい沈黙が、部屋の中に充満した。

「なぜ、沙也加は校庭に飛び出したんでしょうか」

ハンカチで目頭を押さえていた父親の声は、この場に不似合いなほど落ち着いていた。

「わかりません。何かに怯えたんだと思います。普段から、他の児童なら気にも留めない程度のことで、パニックになることがあるので」

「気がついたらいなくなっていたとおっしゃいましたが、沙也加がじっとしていないから、先生は気が動転してヒステリーを起こしたんじゃないですか?」

「お父さん、いくらなんでもそれは酷《ひど》いなあ」

小野寺は間髪を容《い》れず割って入った。

「ちょっと、撮影しているんです。邪魔しないでもらえますか」

カメラマンが舌打ちをしたが、遠慮するつもりはなかった。反論しようと口を開いた時に、三木が答えた。

「全てを覚えている自信はありませんが、私、沙也加ちゃんを叱ったりはしませんでした。それは信じてください。……もしかしたら、私のパニックが伝染したのかもしれません。いずれにしても責任逃れをするつもりはありません。沙也加ちゃんの普段からの行動を知っていたわけですから、注意が足りなかったというお叱りは受けます。本当にごめんなさい」

不意に立ち上がると、三木は深々と頭を下げた。

「ごめんなさい、ですか……。あなた、沙也加は死んで帰ってこないんですよ。なのに、ごめんなさいで済ませるんですか」

これは、なんや。これが真実を知るっちゅうことなんか。今まで娘を放ったらかしにしていた父親が、我が子の死を誰かのせいにして感情をぶつけて、それで自分の後ろめたさから逃げたいだけやないか。小野寺が再び割って入ろうとするのを、伊藤が制した。

「失礼ですが、お父さま。三木もまた、低体温症で命を落としかけました。その後、まだ回復しきっていない時に、沙也加さんのお祖母さまを探し出して、何が起きたかをご説明しました。もちろん、それでお詫びが終わったとは思ってません。だからこそ、今日、お目にかかろうと彼女は決心したんです。そもそも大津波に襲われるという極限の中で、三木は子どもたちを率先して裏山に誘導しています。その途中で沙也加さんがいないのに気づいて、学校に戻りました。三木には担任として受け持っている五年生全員の安全を確保する義務があるにもかかわらず、それを他の先生に託《たく》してまで、学校に戻りました。そして沙也加さんを見つけ、一緒に屋上に避難しようとした時、南小の校長が苦痛を訴えたために応急処置をしたんです。責められる者がいるとしたら、自分の心臓病など放っておいて、沙也加さんを連れて避難するように命じなかった校長だと思います」

伊藤の決然とした口調に、鉄仮面のような父親が戸惑っていた。

「三木先生、あなたは素行に問題があると、亡くなった校長から何度か注意されていますね。もしかしてあの日も、適当な対応をしたのでは？」

ジャーナリストが代わりに質問した。

「どういう意味でしょうか」

三木が気丈に返した。

「ご自分が助かりたい一心で、手の掛かる児童を見殺しにしたという声もあります」

「三木先生を人殺し呼ばわりするつもりですか。それはあんまりとちゃいますか」

我慢の限界だった。伊藤が止めるのも構わず、滝野に近づいて凄《すご》んだ。

「なんですか。喧嘩でもなさるおつもりですか。あなたも相当な問題教師だという情報がありますよ、小野寺先生」

「根拠のない誹謗《ひぼう》中傷をする権利は、おたくにない。一体、これはなんですか。裁判でもするつもりですか」

「先生、止《や》めてください。いいんです。沙也加ちゃんが亡くなったのは、私の責任です。あの時、あの子の命を守れたのは、私ただ一人だったんですから。本当に申し訳ありませんでした」

誰も何も言わなかった。そこで伊藤が強制的に面談を打ち切らせた。

「二度とあのジャーナリストに会う必要はないで。あいつには、悪意がありありや」

車を発進させるなり小野寺は吐き捨てた。後部席の三木はうな垂れたままだ。

「私の右手に、今でも沙也加ちゃんの手の温《ぬく》もりが残っているんです。ちょっと汗ばんでいた。本当に怖かったんだと思うんです。だから、痛いぐらい強く握りしめていた。なのに私は、他のことに気を取られて手を放してしまったんです。あの手の感触が忘れられない」

感触が残るという右手を、三木はじっと見つめている。

「主人のせいだと、もっとはっきり言っても良かったのよ」

「伊藤先生、それはいくらなんでも無茶苦茶やないですか」

「そうでもないわ。あなた、本当は主人を庇《かば》ってくれているわよね」

三木は聞こえないかのように、まだ右手を見つめている。

「実はね、最近になってようやく、遠間南小の吾妻《あづま》教頭先生から、当時の様子をあらためて教えていただいたの。さっき三木先生が話したことは、彼女自身が震災直後に市教委に

6

報告した内容だけれど、私にはどうしても真実に思えなかった。それであの時に何があったのか、私なりに調べていたのよ」

そもそも三木が市教委にちゃんと報告していたというのが驚きだった。なぜ市教委はそれを発表しなかったのだろうか。そうすれば滝野のようなマスコミ連中に余計な詮索《せんさく》をされずに済んだのに。

「伊藤先生、私、嘘はついていません」

「そうね。でも、上手にぼかしてくれている。吾妻先生がおっしゃっていたわよ。あなたは、南小の児童と教員の命の恩人だって」

一体、二人はなんの話をしてんねん。

「主人は、頑固一徹で融通の利《き》かない人でした。だから、避難指導マニュアルを絶対に守ろうとしたに決まっています。つまり、まずは校庭への避難、次に体育館での待機という原則を譲らなかった。そうよね？　三木先生。それを遵守していたら、全員が津波の犠牲になっていた。高台への避難を強行したのは、三木先生の機転だったんでしょう」

東日本大震災の甚大な被害の大半は津波によるものだ。そのうえ地震発生から少し経った後の大津波という時間差が悲劇をさらに大きくした。地震直後は津波を警戒していた人も、第一波がさほど大きくなかったために油断した。だが、第二波、第三波で巨大化して、全てを飲み込んだ。

「南小のあたりは、地震の衝撃で防災無線が故障して、津波の警戒警報が伝わらなかった。校内には電池式のラジオもなかった。そんな状況下でマニュアルから逸脱する行動なんて主人には論外だったはず。高台避難なんて決断できるわけがないのよ。そういう人なの。それを動かしたのは、三木先生が『今、市役所から電話があって、津波が来ているから高台に避難するように言われた』と進言してくれたからでしょ」

ルームミラーを挟んで、三木と目が合った。どうやらその通りらしい。

「そんな連絡、本当はなかったんでしょ。あなたは偶然電話を受けたと言ったそうだけど、そうでも言わないと、頑として校庭から動こうとしない主人を翻意させられなかったんでしょう。素晴らしい機転だわ。なのにあなたはそれを報告していない」

沙也加の父に説明した時も、誰かが口にしたのを機に、校長が裏山への避難を決めたと言っていた。

「先生、ほんまですか。グッジョブや、やるやないですか」

「機転じゃないんです、嘘ついただけです。ただ、私が助かりたかっただけです。褒められることなんて何もないです」

本人がなんと言おうと、助かりたい一心でついた嘘が児童と教員を救ったのは事実だ。

「いや、立派や。あんな状況になったら誰かて助かりたいと思って当然や。私だって同じことした」

死の恐怖に直面して、冷静かつ理性的な行動をするなんて一般人には無理だ。そもそも死の危機に直面した時に咄嗟《とっさ》に〝正しい〟判断ができる奴なんて、どれほどいるというんだ。

「私が嘘つきで、教師失格なのは間違いありません」

「いえ、失格なのは主人の方です。児童と職員の命を守るという、規則よりも重要な使命を忘れていたんですから。あなたに、なんとお礼を言っていいのか。本当にありがとう」

伊藤がいきなり頭を下げた。なにごとにも杓子定規《しゃくしじょうぎ》で、規則や世間体のことしか考えていないような人だと思っていただけに意外な一言だった。

「私、お礼を言われるようなことしていませんから」

「いや、三木先生、もっと自分の行動を褒めてええんやで。自分が助かりたかったから嘘をついたと言うたけど、沙也加ちゃんがいないと気づいたら、すぐに助けに戻ったやないですか」

「良く言えばそうですけれど、私は単に利己的なだけです。あの時、頭のどこかで津波なんて来ないって思っていました。それでも、万が一を考えて安全な場所に逃げたかったので嘘をついた。それが後ろめたくて、校舎に戻ったんです。それに沙也加ちゃんは、私に依存していたところがありました。きっと私を待ってる、私があの子を守らなきゃ、って。思い上がりの自己満足です」

全然、自己満足じゃない。彼女は立派な教師だ。

「けど、実際には津波が来た」

「本当に来た時は、足が竦んで腰を抜かしそうになりました」

「でも、主人が発作を起こさなければ、あなたは沙也加ちゃんの手を放さなかった。それにあなたが探しに行ったのは、水じゃない。薬でしょう」

伊藤が指摘した小さな違いに、すぐには気づかなかった。三木が唇を噛《か》んでいるのを見て、ようやく理解した。

「発作の薬は舌下剤《ぜっかざい》だから、お水なんていらない。薬は常に身につけておくようにとあれほど言ったのに、見栄《みえ》を張っていつも校長室のデスクの抽斗《ひきだし》に入れていた。どうせ、すぐには見つからないような場所に忍ばせて、忘れていたに違いない」

これ以上は運転しながら聞いていられなくなって、車をパーキングエリアに停めた。

三木は目をつぶって何かに耐えている。

「やっぱりそうね。沙也加ちゃんがパニック状態に陥って校庭に飛び出したのは、その隙でしょ。でも、あなたはそれを全部自分のせいにした」

なんてことや。何も誰も悪くないやないか。普段なら、どうにでもなることばかりだ。ささいな習慣、いつもの行動が、非常事態の渦中で大きな運命の分かれ道になってしまった。

「……病院に入院していた時に、教育委員会の指導主事の先生が聴き取り調査に来ました。私はありのままを報告しました。でも、校長先生のお薬を探している間に、沙也加ちゃんがいなくなったという部分は、結果的に記録されなかったんです。……ああ、そういうことなんだって思いました。これは言っちゃいけないんだって。あれがあると、伊藤校長先生の責任問題になる。だから、消したんだなって。……だったら、それを受け入れようって思いました。だって生き残ったのは私だけだし、せめてそれぐらいは当然というか……、亡くなったお二人に申し訳なくて。私が沙也加ちゃんの手を放したのは間違いないんだし」

小野寺は思わず拳《こぶし》でハンドルを叩いた。

何でそんなバカな隠蔽工作をするんだ。だが、もっと許せなかったのは、こんなに頑張った一人の若い教師の奮闘を穢《けが》したことだ。

「本当にごめんなさいね。主人の死が受け入れられなくて、事実に気づくのが遅れてしまった。主人の見栄なんて無視して、どんな方法を取ってでも薬を身につけさせておくべきだった」

「伊藤校長先生は悪くありません。本当に私が慌て者で、沙也加ちゃんを校長先生にあずけたのが悪かったんです。だから」

「生き残ったもんは謝らんでええんや」

三木の言葉を遮るように、小野寺は叫んでいた。

「二人とも自分を責めるのは、止めませんか。大きな災害で生き残った者は皆、おんなじ苦しみを抱えているんやと思います。なんで自分は生き残ったんやって。でも、死んだ人は、生き残った人を責めてません。それより、私らは謝る前に、必死で生きなあかんのです。一緒に生きている人たちと前を向くのが、供養と違うんですか」

過酷な現実に打ちひしがれている二人を前に、俺はなんて青臭いこと言うてんねん。そう思ったが止まらなかった。

「小野寺先生の言う通りだと思う。あなたは立派な先生よ。ちゃんと今も、子どもたちと向き合っている」

俯《うつむ》いた三木の肩が震え、涙がぼたぼたと落ちた。

「ほんまや、私やったら、とっくに逃げてるよ。いや、あんたは偉い」

「教師に向いていない、とっとと辞めて東京に戻りたいっていうのが、あなたの口癖だったと吾妻先生が言ってました。なのに、どうしてこんな辛い中で踏み止まっているの」

「約束したんです。あの寒い寒い屋上で、伊藤校長先生と」

――君はいいね。こんな時でも星の美しさに気づけるなんて、強いなあ。いつも遊び気分の君みたいなタイプの人が教師でいることが、私は許せなかった。でも、今は心から、君のような人が教師でいて欲しいと思うよ。

「雪が止んだら、もの凄くきれいな星空だったんです。それで校長先生に、星がきれいですよって言ったんです。そうしたら、そんなふうに返されました」

そして、伊藤校長の〝遺言〟を口にした。

「三木先生のような人こそ子どもたちには必要だ。どうか教師を続けて欲しい。この寒さと孤独に負けずに、生き抜いて欲しいって。星が証人だよって。……今でも後悔してますよ。あんな約束しなきゃ良かったって」

伊藤に強く抱きしめられた三木は声をあげて泣き始めた。

小野寺は、二人を残して車を降りた。

パーキングエリアから望む海に、日が沈もうとしていた。

7

一学期の終業式の日、小野寺はちょっと会わせたい人がいるからと言って、三木と伊藤をドライブに誘った。

向かったのは、かつて遠間南小学校があった場所だった。

学校の前で車を停めると、三木は誘われるように車から降りた。だが伊藤は険しい表情で小野寺を睨《にら》んでいる。

「小野寺先生、こんなことをする権利は、あなたにないわよ。なぜ、彼女をそっとしておいてあげないの」

「それは大人の押しつけがましい配慮とちゃいますか。人の心は折れたりしませんよ。若いあの子を過保護にしたらあきません。三木先生はしっかり現実から目を逸らさんと生きてます。もう前に進む準備はできてるはずです」

そう言って、小野寺も車を降りた。

ここを訪れるのは、初めてだった。いまだに瓦礫の山がいくつも残っているが、それ以外は、呆れるほど何もない。おかげで、七〇〇メートル先にある海がまっすぐに望めた。

雲ひとつない晴天のせいで、青々と輝いている。あの日、真っ黒な波となってこの一帯を襲ったのと同じ海とは想像もできなかった。

誰かが植えたのだろうか。校門があったあたりに、何十本ものひまわりが並んでいる。そのうちの何本かは鮮やかな黄色の花を咲かせている。夏休みには壮観な景色になるだろう。

「まどかちゃん、おかえり！」

いきなり子どもの声に呼びかけられて、三木が立ちすくんだ。児童たちが駆け寄ってきて、三木を囲んでいる。昨年度まで彼女が担任していた子どもたちだ。

頑張って遺族と向き合ったのだ。ならば、新学期になってから一度も会っていないという教え子たちに会わせてやりたかった。三木があの子たちを救ったのだから。

三木に聞いたところでは、本人が遠間南小学校への復帰を強く希望したにもかかわらず、教育委員会は第一小学校への異動を決定したそうだ。新任教諭は三年目で異動するというのが教育委員会の方針だからだ。

それが三木の心のリハビリになると周囲は勘違いしている。むしろ彼女の立ち直りを阻害しているように小野寺には思えてならない。

そこで、両校の校長に直談判して、この日、今なお津波の爪痕が残る南小学校に三木を連れて行く許可を取りつけた。

「うわあ、みんな元気そうじゃん。大地《だいち》、ちょっと会わない間に大きくなったねえ」

三木は一瞬戸惑いを見せたが、すぐに笑顔になり、長身の男子児童の頭を嬉しそうに撫でた。第一小学校にいる時の真面目そうな教員の顔ではない。「はっちゃけまどか」と呼ばれていた雰囲気が溢れ出ていた。

「まどかちゃん、なんだか大人っぽくなったんじゃないの」

「あら、それを言うなら、女っぽくなったって言ってよ」

「ばあちゃんに、なったんじゃねえの？」

三木と子どもたちが嬉しそうに笑っている。気がつくと、小野寺の隣に伊藤が立っていた。まだ厳しい顔つきではあるものの、児童と三木の間に割って入ってまでこの再会を邪魔するつもりはなさそうだ。

「先生、僕らの歌を聞いてくれませんか」

どこのクラスにでもいそうな、ガリ勉タイプの男子があらたまった声で三木に言った。

女子児童が進み出て、枝振りの良い木の陰に置かれた椅子に、三木を誘った。少し離れたところに、もう一脚椅子があった。額装したパネルが背を向けて置かれている。椅子の下には大きなラジカセがあった。

「じゃあ、行くよ」という女子の声でラジカセのプレイボタンが押され、同時にパネルが表に向けられた。線の細そうな少女が、はにかんでいる写真だった。

三木が弾かれたように立ち上がったと同時に、子どもたちが歌い始めた。

〝さくら舞い散る中に忘れた記憶と　君の声が戻ってくる
吹き止まない春の風　あの頃のままで〟

「いったい何なの」

伊藤が面食らって尋ねてきた。

「三木先生のクラスが、卒業式のために練習していた曲やそうです」

先週、小野寺は一人で南小の六年生児童らを訪ね、三木に会いたいかどうかを確認した。その時、会うだけでなく「あれだけ練習したのに、結局、僕らはまどか先生の前で、一度も歌っていない。だから歌わせて欲しい」と強く求められた。

曲は、さくらの季節に、昔の恋人を思い出す切ない歌だ。だが、小野寺には、沙也加への鎮魂歌に聞こえた。そして、三木に立ち上がれ、前に進めと叫ぶ応援歌のように思えた。

四人の女子がリズムに乗って踊っている。沙也加はダンスが一番上手でセンターだった。

三木は何も言わず、じっと子どもたちを見つめている。

やがて、女子の一人が三木に近づいて手を差し伸べた。素直に導かれて、三木はダンスに加わった。

おそらく、あの日以来一度も聴いていないであろう曲で、三木は気持ち良さそうにステップを踏んだ。

「子どもの力は凄いわね。悔《くや》しいけど、こんなバカげたことができる小野寺先生に感謝するわ」

伊藤にそんなことを言われたのは初めてだった。洟《はな》をすすりながら声を震わせる伊藤を見るのも初めてだった。

「さすがの私でも、これはやり過ぎかもと思いました。でも、あの子らが、やりたいって、ききよらんかったんです。我々大人の懸念を、子どもはいつもあっさりと吹き飛ばしよります」

子どもは弱い、守ってあげなきゃいけない。大人はすぐそう言う。だが、弱いのは大人の方だ。自分たちが教えられるのは、知識や浅はかな経験しかない。だが、こいつらは、命の輝きを惜しげもなく教えてくれる。

〝花びら舞い散る　記憶舞い戻る〟

歌を聴きながら、暑い夏の日射しの向こうで、桜の花びらが可憐《かれん》に舞うのが、小野寺には見えた気がした。

小さな親切、大きな……

1

「ちょっと災害ボランティアに気を遣い過ぎとちゃいますか。確かに、縁もゆかりもない場所で朝から晩まで作業して、テントで寝起きする無償奉仕の生活は、けっして楽やないでしょう。けど、あいつらはそれを承知で来てるんですから」

場違いな会合に呼ばれておとなしくしていた小野寺《おのでら》だったが、ついに我慢しきれずに口を開いてしまった。二〇畳ほどの畳敷きの宴会場には扇風機が回っていたが、やけに蒸す夜だ。

甚大《じんだい》な被害をもたらした東日本大震災から、五ヵ月近くが経過しようとしていた。学校は夏休みに入っていたが、何かと用があり小野寺は毎日学校に出ている。

長らく瓦礫《がれき》とヘドロに塗《まみ》れた道路もようやく整備され、町に漂《ただよ》っていた異臭もさほど気にならなくなった。それでも、家や職場を失った人が元通りの生活を取り戻すには、まだ気の遠くなるような作業が必要だった。ゴールデンウィークの頃には被災者全員が入居可能となるはずだった仮設住宅の建設も、今なお続いている。

遠間《とおま》第一小学校の体育館でも、まだ数十人の市民が窮屈な生活を送っていた。しかし、今日をどう生き抜くかという切迫感からは解放されたのではないかと小野寺は感じている。それと入れ違うように別の問題が芽を出した。これまで溜《た》め込んできた鬱屈《うっくつ》や不満が噴き出し始めたのだ。

浜登《はまと》から「小野寺先生の震災体験を、ぜひ聞かせて欲しい」と懇願されて出席した今夜の会合も、住民が抱えるストレスが議題だった。そして、災害ボランティアとどう向き合うのか——という話題で一気にヒートアップした。

震災発生直後から、全国のＮＰＯ、ＮＧＯ団体や個人のボランティアが被災地に駆けつけている。自衛隊や行政だけでは対応できないきめの細かい支援は、彼らがいてくれたからこそ可能になった。しかし、緊急期を過ぎた今、住民はボランティアたちへの不満を募《つの》らせ始めているというのだ。

聞けば、どこまでボランティアに甘えていいのかがわからないというものから、善意の押しつけに対する反発、さらには、夜間にテント村などで騒ぐ若者への苛立《いらだ》ちなど、悩みの種は幅広かった。

ボランティアの大半は一〇代から三〇代までの若者が占めているが、社会人としてのルールすら理解していない者も少なくなかった。彼らに悪気はないのだが、被災者の心を逆《さか》撫《な》でする行動が見受けられるのは小野寺も実感していた。ならば、そういう相手には「やめてくれ」ときっぱり抗議すれば良いのだが、何事にも温厚で人懐っこい遠間の人たちは「せっかく、手助けに来てくれている若者の気持ちを大切にしてあげたい」と妙な気を遣う。挙げ句に、その遠慮が余計なものを生み出していた。

被災者はつまらない気など遣うべきじゃない。遠間第一小学校に応援教師として着任して以来、小野寺はずっとそう言い続けている。

「あいつらも皆、必死なんですよ。なんせ、見たこともない戦場のような場所にいきなり放り込まれるんですから、皆さんの気持ちまで気遣えるような余裕はない。だからといって遠慮してどないしますん。彼らはプロじゃない。しょせん素人《しろうと》です。ただ、自分も何かせなと思って、やってきただけです。されて困ることを伝えるのも、ある意味彼らのためになる」

「小野寺先生の言う通りだと思うんですよ。でも、これだけお世話になっているのに、面と向かって彼らに苦情をぶつけるのは、心苦しくて」

口を開いたのはPTA会長だった。出席者の大半が同意するように頷《うなず》いている。

「ほな、こうしたらどうですか。地元の人やボランティアのみんなが集まって愚痴《ぐち》をぶつけ合える呑み会でも開いてみるとか」

一斉に冷たい視線が集まった。

そこで小野寺は思い出した。このまちの人たちは本音を露わにするのが何よりも苦手だったのだ。

2

呑み会をやるかどうかは別にして、連絡会議のような場を持つのは良いかもしれないということで、ひとまず今夜は話がまとまった。そして発案者の必然として、小野寺は必ず参加するように釘を刺された。

お開きになると、小野寺は浜登から「慰労」に誘われた。会合場所の居酒屋から歩いて数分のところに、先月再開したばかりの校長行きつけの小料理屋があった。復興市場にある小さな店はほぼ満席で、先客らに椅子《いす》を詰めてもらって着席した。

「私、めちゃまずいこと言《ゆ》うたんやないですか」

芋焼酎の水割りを啜《すす》りながら、校長に詫《わ》びた。

「いや、あれで良かったんです。小野寺先生みたいにバシッと本音を言う人がいないと、ここの人はずっと悩み続けるばかりで、最後は飲み込んでおしまいにしちゃいますから」

「確かにそういう気質がありますね。けど、こういう問題は、気を遣いすぎると却《かえ》ってマイナスなんですよ。あれじゃあ、ボランティアの連中も報《むく》われませんよ」

　また、もやもやした気分が戻ってきた。

「遠間の人は他人に親切にされるのに慣れていないんですよ。甘え下手なんだと思います」

「気持ちはわかりますよ。阪神の時は私だって、ボランティアに対して何度もぶち切れましたから。いろんな大切なもん失って、今日どうやって生きたらええのかわからん時に、見ず知らずの他人がいきなり訳知り顔で踏み込んできて慰《なぐさ》めてくれても、なんの足しにもなりませんからね」

　あの頃、一日に何度もボランティアの連中と衝突した己《おのれ》の無様《ぶざま》な態度を思い出して、恥ずかしくなった。

「けど、こちらの不満を吐き出したお陰で、お互いが腹を割って話せるようになったんです。災害ボランティアの連中って、私にはようわからんのです。はっきり言うと、気色悪い。無償で、見ず知らずの人のために我が身を削るなんてこと、私にはできませんから。けど、現実にはまだまだ人手が足りなくて困ってるし、彼らの存在はありがたい。遠慮なく使い倒したったらええんです」

　浜登は相槌《あいづち》を打ちながら、目尻を下げて酒を味わっている。

「おもしろいことをおっしゃいますな。小野寺先生がウチに来ているのも、ボランティアでしょう」

「いや、私は仕事ですから」

「でもご自身で志願されている。元々ボランティアというのは、志願という意味でラテン語のvolō（ウォロー）が語源なんですよ。つまり、あなたもボランティアなんです」

そうなんか……知らんかった。

「じゃあ、私も気色悪い奴なんですねえ。まあ、それは措《お》いといて、このもやもやした空気、傍《はた》で見てたらなんやもどかしいですわ」

「私はね、いい兆候《ちょうこう》だと思うんですよ」

酒が強い浜登は合いの手を入れるように、お湯割りの焼酎を口に運んでいる。

「どういう意味ですか」

「とにかく生きなければという状況から、いろんなことを考える余裕が生まれてきた。不満が言葉になるというのは、自立の第一歩だと思いたいなあ」

なるほど……。確かにそう考えると、現状に希望も感じられる。

やっぱりこの人は凄《すご》いなあと思う。こんな人格者は都会の小学校にはほとんどおらん。ラクダを思わせるとぼけ顔のくせに懐の深さは半端《はんぱ》じゃない。浜登がいなければ、俺はとっくに神戸に強制送還されていただろう。

　赴任直後から小野寺は学校を掻《か》き回してばかりいる。笑顔で頑張る子どもたちに「がんばるな」と訴え、子どもたちに書かせた大人への不満を壁新聞にして、大騒動を巻き起こした。

　小野寺としては特別なことをしているつもりはない。被災しているのだから辛抱すべきという考えを捨てて、「いつでもどこでも、喜怒哀楽をのびのび出すんが子どものあるべき姿や」という思想を貫いているだけだ。お陰で子どもたちの表情に生き生きとした輝きが戻ってきた。とはいえ、小野寺を擁護し続けている浜登への風当たりは、相当きついはずだ。

　しかし、この人は、そんな苦労などどこ吹く風で「子どもたちにとって良いと思うことは、全部やりましょう」と言い、率先して小野寺を応援してくれた。

「何ですか。急にしんみりしちゃって」

「いつもながらの校長先生の人間力に感動してました」

「そんなものは私にありませんよ。ともかく、また、あなたを巻き込んでしまいますが、よろしく頼みますよ」

　ラクダ親父はそう言うと、空《から》になった二人のグラスに焼酎を注《つ》いだ。それから一時間ほど他愛《たあい》のない話をした後、店の前で別れた。

八月とはいえ、さすがに夜が更《ふ》けると涼しくなる。茹《うだ》るような熱帯夜の神戸とは別世界だ。酔い覚ましに川沿いの道を歩きながら、小野寺はぼんやりと夜空を見上げていた。

遠間で真っ暗な夜を過ごしていると、神戸で被災した頃に見上げた夜空を時々思い出す。

地震が起きても、戦争があっても、星は変わらずいつも輝いているんだろうなと思うだけで、人間のちっぽけさを感じた。その光は癒しというより、無力な人間に成り下がった自分を咎《とが》める目のように思えた。

そうやっていじいじしたまま朽ち果てていくのを、ずっと見ていてやるよと言われているように思えた。

震災で妻と娘を失った悲しみに耐えられず、死んでもいいと思ったこともあった。だが、毎晩星空を見上げるたびに、こいつらに見られながらみじめに死ぬなんてまっぴらだと、どうにか今まで生きながらえてきた。

ようやく前を向いて児童と向き合えるようになった時、地上の灯《あか》りの明るさによって、星はほとんど見えなくなっていた。

それが、またこんなところで、こいつらに見つめられるようになるとは……。

「なんや、おまえら、まだ俺を見張ってんのか」

酔いに任せて空に向かって肩をいからせてしまった。

その時、暗闇を切り裂くようなピーッという音が響き、やがて小さな火の塊が空中で弾《はじ》けた。

誰かが、花火を上げたのだ。

おいおい、何時やと思ってんねん。午後一一時近い。都会でも、さすがに顰蹙《ひんしゅく》を買う時刻だ。

花火が打ち上げられたのは、災害支援のボランティアがテントを張っているあたりだ。

まさか……と思う気持ちが、足を速めさせた。嘲笑《あざわら》うかのように、また花火が打ち上がった。今度は連発だった。

全速力でテント村のある高台に駆け上がったところで、小野寺の息が切れた。気持ちは焦《あせ》るが、両膝《りょうひざ》に手を突いて息を整えなければならなかった。

「なんだと、もう一度言ってみろ！」

地元訛《なま》りの怒声を聞いて、体を起こした。

Tシャツにジャージ姿の男が、長身の若者の胸ぐらを摑《つか》んでいる。男の方には見覚えがあった。小野寺の教え子の父親だ。

「ちょっと待った松井《まつい》さん！」

「なんだ、先生」

いきなり二人の間に割って入ってきた小野寺に、松井は目を剝《む》いている。

「暴力はあかんでしょ」

「そうだよ、いきなりつっかかってきやがって。オッサン、頭、おかしいんじゃねえの」

松井の太い腕を振り切った若造は絶妙の距離をおいて、甲高い声で野次《やじ》った。

「今、ここで花火しとったんは、おまえか」

「だったら、どうよ？」

今度は小野寺に向かってきた。明らかに酔っている。

「何時やと思ってる」

「知るかよ。ちょっと花火しただけじゃん。堅いこと言うなよ」

まったく悪びれていない。一緒に遊んでいたとおぼしき男女数人が彼の周囲を取り巻いている。

「おまえら、このまちに何をしに来たんや」

「決まってんだろ。ボランティアだよ。けどな、俺たちだって、ちょっとぐらい息抜きしてもいいんじゃねえの。毎日、くっせえ中で汗水垂《た》らして働いてんだからさ。でも悪かったよ。早寝早起きの田舎の人には、もう真夜中だったよな。おじさん、ごめんな」

小野寺の背後に立つ松井から怒りの熱が伝わってきた。

「そんな謝り方あるか。おまえ、口の利《き》き方知らんのか」

「なんだよ、あんた。関係ねえだろ。俺はそっちの被災者に謝ってんだ。教師みたいな言い方すんなよ」

「悪いな、俺は教師や。せやから頭の悪い小僧に言うておく。今すぐテントに入って寝ろ」

若者の目つきが変わった。ようやく彼の仲間が介入してきた。

「すみません、私たちが悪かったです。ちょっと今日は、いろいろあって。それで」

この状況をまずいと感じているらしい女性が詫びた。

「いろいろあったやと。ここの人は、毎日いろいろあんねんぞ」

「本当にすみません」と謝る脇から、さっきの青年が声を張り上げた。

「ナミ、謝ることなんてねえよ。自分一人では家の泥かきもできないくせに、仕事が雑だの、大事なものが盗まれただのと陰でこそこそと言うような連中のために、どうして俺たちが我慢しなきゃならねえんだよ」

なるほど、いろいろあったんだろう。だからと言って、最低限の社会的ルールを破っていい理由にはならない。

「おまえらも二十歳《はたち》を過ぎた大人やろ。ちょっとは年相応の憂《う》さ晴らしの方法ぐらい考えたらどうや」

「おっしゃる通りです。本当にすみませんでした」

なおも喚《わめ》いている若造以外、今度は全員が申し訳なさそうに頭を下げた。松井の怒りも、それで少し収まったようだ。

「松井さん、ちゅうわけで勘弁してやってください」

松井は激しやすい一方で、根に持たないさっぱりしたところもある。小野寺にまでなだめられて納得したようだ。

「ああいう音は子どもが怯《おび》えるんだ。地震の時を思い出すんだよ。だから花火は遠慮してくれ。わかったか」

それだけ言い残すと、松井は自宅に帰って行った。

3

翌日は夏休みの登校日だった。子どもたちの元気な顔を確かめて職員室に戻ると、浜登に呼ばれた。また、何か問題起こしたっけと、あれこれ考えながら小野寺は校長室に入った。

　古びた応接セットに座っていた二人の女性が立ち上がった。スカイブルーのポロシャツにジーパンという揃いの格好をしていた。よく日に焼けている顔といい、災害ボランティアなのは一目瞭然だった。

「お二人が、君に謝りたいとおっしゃっていてね」

　浜登に言われて、一方の女性が昨夜の騒ぎの時に詫びていた人物だと思い出した。

「昨夜はご迷惑をおかけして、本当に申し訳ありませんでした」

　同行者らしい女性も頭を下げた。こちらは少し年上らしい。どこかで会ったことがあるような気がしたが、思い当たらなかった。

「なんで、私に謝るんですか」

「君だけじゃなくて、松井さんのお父さんにも、これから謝りに行くそうだよ」

　皆に席に着くよう勧めながら校長が言った。

「それはまたご丁寧なことで」

「大変ご不快な思いをさせてしまったわけですから、当然です」

　年上の女性は、明らかに責任者のようだ。この子は……、誰やったっけ。

「あの時に決着は付いたんですから、そこまでせんでええのに。第一、おたくらも毎日ハードな作業に追われてくたくたでしょ。これ以上はもう気を遣わなくてもいいのでは？」

「そういうわけには参りません」

「なんや強情やな」

大人げないとは思いながら、思わず突っかかってしまった。

「深夜に酒盛りをした挙げ句に、花火を打ち上げたご迷惑について、しっかり謝るのが最低限の礼儀だと思います」

彼女が言うと、礼儀という言葉が別の意味に響いた。そう、トラブル処理、そんな意味合いやな。

「私も、そう言ったんですけどねえ。どうしてもとおっしゃるんですよ」

浜登はお得意のお茶を点《た》てながらのんびりと言った。

「迷惑を被《こうむ》ったのは、別に松井さんだけやないと思うよ。テント村付近に住む人は他にもいてはるで。その全員に謝りに行くんか」

「そのつもりです」

びっくりした。間髪を容《い》れず返されて、どう言おうか迷っていたら、浜登が最初の一杯をリーダーに勧めた。相手は姿勢正しく両手で茶碗を受け取ると、「戴《いただ》きます」と正しい作法で茶を飲み干した。

どうも好《す》かん女やな。

ショートカットの小顔は、かなりの美人だ。頭も良さそうだが、気も強そうに見えた。

やっぱり知ってる相手や。あかん、なんで思い出せへんのや。

「おいしい！　こんな場所で、こんなおいしいお茶を戴けるとは、感激です」

「こんな場所ですか」

ラクダ親父が、すかさず斬り込んだ。

「失礼しました。小学校の校長室で、という意味ですので」

ストレートな物言いに呆れながら、小野寺はもう一人のテント村で会った方の女性を見た。連日、夏の日差しの下で続ける肉体労働で、すっかり疲れ切っている。さらに、精神的にも相当参っているようだ。

「なあ、プールのシャワー使えるから、浴びてきたらどうや」

「えっ、私、臭《にお》いますか」

まったく的外《まとはず》れの反応を返されて、笑ってしまった。

「ちゃうちゃう。しんどすぎて死にそうやって顔してるから、ちょっとスッキリしたらどうかと思って。そんな状態やったら、熱中症になるで。ねえ、校長先生、シャワー使わせてあげてええですよね」

幸いなことに、遠間市は一部の上下水道が復旧していた。テント暮らしのボランティアも、ボランティアセンター内のシャワー室を使えるはずだが、どうやら彼女らは使っていないらしい。

「そんな、とんでもありません。大丈夫ですので」

恐縮するように首をすくめられてしまった。

「遠慮ばかりしてたら倒れるで。ところであの威勢のいい兄ちゃんはどうしたんや。謝罪やったら、まずあの兄ちゃんが来るのが筋やろ」

「帰しました」

リーダーが即答した。

「まじで?」

「彼だけではなく、一緒に酒盛りしていた者全員、帰しました。私たちのグループは滞在中は飲酒厳禁なんです」

なんや、それ。えらい厳しい話やな。

「阪神《はんしん》・淡路《あわじ》大震災の時に、大勢のボランティアが酔っぱらって地元の方と問題を起こしました。それで、飲酒は厳禁というルールを決めたんです」

やれやれ、また「阪神ルール」か……。小野寺も遠間に来てから、このルールに幾度となく悩まされている。一九九五年一月に発生した阪神・淡路大震災では、日本全国からボランティアが集結し、被災者への支援に汗を流した。後にこの年を「ボランティア元年」と呼ぶようになる。そして、この時の教訓を元に、ボランティアの統制ルールが誕生している。

勢いだけで参加したボランティアが自由気ままに行動するために、受け入れ側が混乱する。そういう「反省」を生かすべきだという議論が起こったのだ。

その結果、市町村に拠点を持つ社会福祉協議会（社協）という、社会福祉法人を核とした震災対策が練《ね》られた。具体的には、被災した場合、社協がボランティアセンターを立ち上げて、ボランティアをまとめるのが原則となった――。東日本大震災は、そうした取り組みの真価が問われる初めての大災害ともいえた。

だが、小野寺から見ると、結果的には実情にそぐわないルールが多かった。それが現地での混乱を生んでいるように思える。

にもかかわらず、行政も古参NPOも二言目には「阪神・淡路大震災の教訓を生かして」を枕詞《まくらことば》に、自分たちのやり方を押しつけるケースが目立った。そんな押しつけを、小野寺は「阪神ルール」と呼んでいる。

「けど、いくらボランティアかて、四六時中厳格にしてたら保《も》たへんやろ。たまには息抜きも必要やで」

「私たちは、被災されて困っている方のお手伝いに来ているんです。遊び気分は迷惑です。酒盛りをしたければ、自宅に戻ってからいくらでも呑めばいいんです」

なるほど、あんたは立派やな。けど、窮屈が度を越すと暴れたくなる奴も出てくるんや。

「で、代わりにこの子が謝りに来たわけか」

「彼女はテント村の副班長なんです。仲間の飲酒を止められなかった責任は重大です」

どうやら班長も酒盛りに参加していたようで、一緒に強制送還を食らったそうだ。

「ちょっとやりすぎちゃうんか」

「どういうことでしょうか。災害ボランティアは被災地の方々にご迷惑をおかけしない、これは基本中の基本ではありませんか」

「けど、ボランティアも人間やで」

小野寺が反論すると、彼女の顔に不快感がくっきりと浮かんだ。

「現地では飲酒厳禁、地元で騒がない――、これらについてはボランティア参加者全員に誓約書を書かせています」

誓約書ときたか……。

もう一言言ってやろうと顎《あご》を上げた小野寺を、浜登が抑《おさ》えた。そして、萎縮しきっている副班長の前にも茶碗を置いた。

「まあ、ご本人たちが謝りたいと思ってらっしゃるのであれば、そのお気持ちは受け止めましょう。我々が口を差し挟む話でもありません」

けど、そこまでことを大きくするほどのことだろうか。

「ただね、えっと、相原《あいはら》さんでしたね」

浜登はテーブルに置いた名刺で相手の名前を再確認してから話を続けた。

「小野寺先生が言ったように、あまり窮屈に考えるのは得策じゃないですよ。どうですか、来週ここの校庭で催《もよお》す夏祭りに、ボランティアの皆さんも一緒に参加しませんか。それで交流を深めたらいいんじゃないですかねえ」

いや、校長、そんな勝手なことを。

夏友と小野寺が銘打った夏祭りは、第一小のPTAと、自主的な支援活動を行っている地元グループが連携して主催する。無論、浜登も責任者の一人ではあったが、こんな女が率いるチームを独断で誘ったりしたら、ひと揉めするに決まってるじゃないか。

「ぜひ、お願いします！」

リーダーが腹の底から声を出したので、隣で茶を飲んでいた副班長がむせた。

ほんま、こういう子はたまらんなあと思いながら、小野寺は校長の前に置かれた名刺を見た。

〈KTKP 代表 相原さつき〉とある。

「まじで」

思わず小生意気な娘の顔を覗《のぞ》き込んでしまった。

「おまえ、もしかして、あの相原さつきか」

いきなり小野寺が立ち上がって叫んだのに、当人はまったく動じることなく小野寺を見つめ返している。

「御無沙汰しています、小野寺先生」

九五年に被災した時に担任を務めていた五年三組の学級委員長だった少女の面影とぴったりと合わさった。

4

相原さつきは、忘れがたい教え子の一人のはずだった。五年生の二学期に転校してきたさつきは、複雑な家庭の児童だった。東京で暮らしていたのだが両親が離婚し、父方の祖母が住む神戸に引っ越してきたのだ。しかも、引っ越してきたのは彼女一人だった。父親は海外を飛び回る仕事をしていて、傷心の娘を気遣う余裕すらないようだった。

祖母はしつけの厳しい女性で、さつきはずっと無理をしていたのではないかと後になって思い至った。さつき自身は人望も厚く、転校してきた翌学期には学級委員長に選ばれている。

そして学校にも生活にも慣れてきた頃に、震災が起きた。一階で寝ていた祖母の上に、二階もろとも天井が落ちてきた。二階で寝ていたさつきは軽傷で済んだが、床一枚隔てた下で寝ていた祖母は押し潰された。そのため、さつきに深い心の傷を残したのは間違いない。

そのうえ最悪なことに、父親が避難所に姿を見せたのが、被災して二週間も経《た》ってからだった。国際弁護士をしている関係で、ニューヨークに出張中だったらしい。仕事で世界を飛び回っているのは致し方ない。だが、実母が亡くなり、一人娘が独《ひと》りで避難所暮らしをしているのに、二週間も音沙汰がない神経は許し難かった。

小野寺自身、妻と娘を失って情緒不安定だったせいもあるが、父親が両手に土産を持って避難所の体育館に姿を見せた時は、いきなり殴りかかってしまった。

その父親を、泣きながらさつきは庇《かば》った。

「父は悪くないんです。すぐに来るというのを、仕事がちゃんと終わってからにしてとお願いしたのは、私なんです」

そう言ってさつきは、小野寺の脚にしがみついて泣きじゃくり、父は何度も謝った。

その姿を見て言いたいことは山のようにあったが、小野寺は全《すべ》て飲み込んだ。

にもかかわらず、父親は翌朝早くに一人でニューヨークに戻ってしまった。

「父はホテルを三ヵ月分予約してくれたんですけど、私がここにいたいって言ったんです。先生、私も避難所で暮らしていいですか」

さつきがあっけらかんと言った時に、小野寺は呆然《ぼうぜん》としてしまった。

なんや、これは。一刻を惜しむようにニューヨークにとんぼ返りした親を許してええのか。

あり得ないとしか言いようがない事態に、小野寺の頭は真っ白になった。そして、「ここには友達も先生もいるから。だから、ここに置いてください」とさつきに頭を下げられた時、思わず彼女を強く抱きしめて泣いてしまった。

避難所で暮らしている間、さつきは明るく気丈に被災者を励《はげ》まし続けた。

そして震災から三ヵ月余り経ったゴールデンウィーク直前、突然、父親の秘書と名乗る女性が現れたのだ。

「お父様のたっての希望で、さつきさんはニューヨークで暮らすことになりました。本人も納得しております」

何の予告もなく来た迎えだった。聞けば、その秘書もニューヨークで暮らすという。それがどういう意味なのかは、簡単に察せられた。

「おまえは、ほんまにそれでええんか」

他人が踏み込んでいい領域でないのはわかっていたが、聞かずにはおれなかった。さつきは少し考えてから寂しげな目を向けてきた。

「やっぱりパパと暮らしたい」

返す言葉がなかった。いっそ俺の養女にならへんかと言いそうになったが、それはあまりにも大人げない衝動だった。

クラス全員で盛大な送別会をして賑《にぎ》やかに送り出して以降は、一度も会っていない。その後も彼女と親交のあった教え子からは、さつきはハーバードを卒業して、経営コンサルタントになったと聞いていた。なのに、こんな場所で再会するとは……。しかも、俺はすぐにさつきだと気づかんかった。いったいこれはどういう冗談や。

「お二人はお知り合いなんですか」

校長のとぼけた声で小野寺は我に返った。

「昔の教え子ですわ。なんや、さつき、おまえニューヨークでバリバリ働いていると聞いたのに」

「震災を知って、会社を辞めて帰国したんです」

被災地で汗を流す災害ボランティアには、会社を退職して駆けつけたという人も少なくないのは小野寺も知っている。それでも、さすがに仕事を辞めてニューヨークから駆けつけたというのは驚きだった。

「それはまた大胆なことしたなあ……」

冗談めかして言うつもりが、明らかに非難がましい口調になってしまった。

「先生、じゃあ、これで。他にもお詫びに行く先がありますので」

一六年ぶりの再会の感慨に耽《ふけ》る様子も見せず、さつきは席を立った。玄関まで見送りに出た時に、小野寺は携帯電話の番号をメモした名刺を渡した。

「暇な時にでも連絡してこい。久しぶりにゆっくり話そうや」

大人びた少女やったが、こんなに四角四面で愛想《あいそ》のない子ではなかった。小野寺にとって忘れがたい生徒のはずが、顔を見て声まで聞いたのに全く思い出せなかったほど、さつきは変わっていた。

何があったんや。

だが小野寺の思いなど露《つゆ》ほども感じないようで、さつきは儀礼的に名刺を差し出してきた。

「夏祭りの件、あらためてご相談に上がります」

再会の余韻《よいん》も何もなく、彼女は背中を向けた。

誰も寄せ付けない——、後ろ姿がそう語っていた。

さつきが校門を過ぎたあたりで、入れ替わりに原付バイクに乗った男が現れた。脚をがに股《また》に広げた乗り方からして、誰かは想像できた。

「よお、あんちゃん、お疲れ」

「こんちは、せんせ。どうしたんです？　妙にしんみりして。もしかして、あの女の毒気に当てられたんですか」

あんちゃんこと中井《なかい》俊《しゅん》は、地元で結成された被災者支援団体「地元の御用聞き」のリーダーだ。自主避難している小規模の施設や避難所で不自由をしている年寄りや子どもたちに対して物資調達支援を行っている。夏祭りを一緒に企画してくれたのも彼だ。若い頃はやんちゃをしていたらしい片鱗《へんりん》があるのだが、かつては担任だったラクダ親父には頭が上がらないようで、浜登の頼みごとは何でも聞いていた。小野寺とも気が合って、数少ない呑み友達でもあった。

「なんや、あの子を知ってんのか」

「知ってるなんてもんじゃないですよ。俺の天敵です。あいつ、ちょっと美人で頭切れると思って、俺たちをバカにしてますから」

確かにさつきとあんちゃんでは、水と油に違いない。だが、あんちゃんがこんなふうに誰かの悪口を言うのは珍しい。

「なんや、天敵って。そんなに苦手なんか」

「俺たちは風紀委員長って呼んでるんですけどね。ボランティア団体を束ねているボスで、ボラセンでも幅利かせてますよ。とにかくボランティアの規律に異様に厳しいんです。あんなのがトップにいると、現場にいる奴らが疲れちゃうんですよ」

花火の件でも全く融通が利かなかったが、あれをどこでもやってるのか。風紀委員長とはなかなかうまいことを言う。

「でも、あんちゃんたちとは接点ないやろう」

「関係ないようで、そうでもないんすよ。俺たちの活動だってボラセンや社協を無視してはできないわけですから」

「地元の御用聞き」はボラセンが統轄するボランティア活動とは一線を画している。行政的な拘束があるボラセンとは異なり、あんちゃんたちは来る者、送られてくる物は何も拒《こば》まない。それぞれができることをやり互いに助け合いながら、普通の生活を取り戻すことに全力を注いでいる。

それに、あんちゃんはとにかくどんな無理でも「御用聞き」してくれる。たとえば小学校で不足している教材なども、彼なら一週間もしないうちに調達する。不揃いの場合が多いが、それ以上に「必要な物が手に入る」ことの方が、よほどありがたかった。

「まあ、お互い仲良く共存共栄でやろうやって言ってるんですが、あの風紀委員長がしゃしゃり出てくると、話がややっこしくなるんです」

特にボランティアの規律違反や、配布物資の不平等に関しては一歩も譲らないらしい。

「たとえば丸一日、家の泥だしをしたお礼にって果物もらったり、ジュースもらったりするんです。俺なんかは、ありがたく受け取れって言ってるんです。それは、施《ほどこ》しを受けたという被災者の方の後ろめたさの解消にもなるし、もっと言えば、相手の感謝の気持ちを無下《むげ》にすんなってことですよ。けど、あの女はダメだと言うんです。お礼を受けるためにボランティアをしているわけじゃねえからって、一歩も引かない」

さつきなら言いそうだった。酒を呑んだボランティア全員を強制送還したぐらいだから。

「あの女、ここに何の用だったんですか」

「表敬訪問みたいなもんや。それより、そっちこそどうした？」

昨夜の一件は話さない方がいいと判断した。あんちゃんが激怒するのは目に見えている。それに何となく、さつきが自分の知り合いだという話もしたくなかった。

あんちゃんは、原付の荷台にくくりつけていた段ボール箱を下ろした。

「はい、これ。壊れてんのもあるかもだけど、まぁ使えるよ」

そう言って渡してくれた箱の中には、色も形もバラバラの水鉄砲が数十丁ほど入っていた。東北といえども暑さが増してきただけに、子どもたちに水遊びをさせたかった。そこで、水鉄砲が手に入らないか、あんちゃんにたずねたのだ。

「助かるよ、ほんま」

「いいって。あと、一緒に焼酎とウイスキー入れてあっから。校長先生と小野寺ちゃんで、分けてよ」

覗き込むと、水鉄砲の下にボトルが二本見えた。

「悪いな。お代は？」

「何言ってんだよ。そんなもんもらったら風紀委員長に怒鳴られるって。大丈夫、みんな支援物資だから。酒も遠慮しないで呑んでくれ。じゃあ、今晩の会合よろしくな。夏祭りは成功させなくちゃね」

そう言うとあんちゃんは再びがに股で原付バイクに跨《またが》り、去っていった。

さつきとあんちゃんの仲が険悪《けんあく》なのに、一緒に夏祭りなんて大丈夫なんだろうか。

二人の関係を校長に話すべきかどうか小野寺は悩んだ。

「先生、さようなら」

声の方を振り返ると、松井奈緒美《なおみ》が立っていた。

「ああ、奈緒美、お父さん、昨日の花火騒ぎ、なんか言ってたか」

「なんの話？　パパは、朝早くから漁だから今朝は会ってないよ」

奈緒美の父は、友人と共同で買った漁船で漁を再開したと聞いていた。だとしたら、あの時間に目を覚ますのはきつかったろう。

「そうか、なあ、おまえんちの近所に、ボランティアのテント村があるだろ。いつも騒いでいるのか」

「時々ね。あたしは気にならないけど。そう言えば、パパが昨日の夜、ボランティアの人と喧嘩《けんか》しそうになったって、ママが言ってた。先生が止めてくれたんでしょ、ありがとう」

何をするにしても奈緒美はやたらと大人びた仕種《しぐさ》をする。

「おまえ、礼を言うのにわざわざ、しな作るな。それより夏祭りの準備はどうや？」

　祭りに向けて子どもたちも趣向を凝らした出し物や出店を考えている。

「いい感じよ。楽しみにしてて。じゃあね」

　人が集まれば、いろんな考えがぶつかり合うのは、どこだってあることだ。起きてもいない騒動を勝手に想像するのは止《や》めようと、小野寺は自らを戒めた。

5

　さつきが率いるＮＰＯ法人のボランティアが夏祭りに参加すると伝えると、あんちゃんは意外にあっさりと了承した。

「誰が参加するかは俺たちの口出しすることじゃないよ。来たい奴は来ればいい。ただし、あの女に仕切らせないで欲しい。いつものように校長先生や小野寺ちゃんに全体を見ていて欲しい」

　そのつもりだった。

　一方のさつきにも、「地元の御用聞き」が参加することは伝えてある。そして、あんちゃんたちが予定している屋台やイベントについても説明し、双方で企画がバッティングしないようにと申し入れた。

また何か異を唱《とな》えるかと身構えたが、一言「了解しました」と返されただけだ。

事前の合同ミーティングには例の副班長が出席していたが、ほとんど発言せず、黙ってひたすらメモを取っていた。出店内容やイベントのプログラムなど具体的なことをたずねても、「現在、検討中」を繰り返すばかりだった。

児童らの企画については三木《みき》が取りまとめていた。子どもたちといろいろな趣向を凝らすつもりのようだ。

「小野寺先生は、校長先生と一緒に本部席にいてくれたらいいです。宴会でもして楽しんでください」と言われて、小野寺はなるようになるさ、と頭を切り換えた。

夏祭り当日はあんちゃんが先頭に立って、午前一〇時から校庭に盆踊り用の櫓《やぐら》を設営する手はずになっていた。小野寺が教頭と九時半に会場に着くと、赤いゼッケンを付けたボランティアたちが、校庭のゴミ拾いと草むしりをしていた。約三〇人はいるだろうか。

「なんやこれは？」

小野寺の声を聞きつけたらしく、副班長が駆け寄ってきた。

「すみません。事後承諾で恐縮なのですが、お祭りで事故が起きないように予防措置として、ゴミ拾いと草むしりをしております」

「ああ、それは助かります」

教頭はいともたやすく彼らの行動を受け入れて礼を言った。だが、小野寺は引っかかった。

「それはありがたい話やけど、余計なお節介やな」

副班長は心外だと言いたげな顔つきになった。

「どうしてですか。せっかくのお祭りで、怪我《けが》でもあったら大変じゃないですか」

「そうかもしれん。けど、それやったら児童がやるべきやろ。我々は、学校の掃除は自分たちでやるもんだと教えてる」

「お考えはわかります。でも今は夏休みですし、草も伸びています。見たところゴミも少なくないですし、転んだら怪我をしそうな石もあります。どうかご理解ください」

理解したくなかった。校庭はボランティアに掃除してもらえばいいなどと、児童には微《み》塵《じん》も思って欲しくないからだ。

「まあ、小野寺先生、堅いことは言わず、ここは彼らの善意に甘えりゃいいよ」

教頭に促《うなが》されて小野寺はしぶしぶ引き下がった。去り際に、副班長はさっきから預かったというクリアファイルを差し出した。

「大変遅くなりましたが、本日、我々で予定しているイベントの内容等を書いてあります。お忙しいとは思いますが、お目通し戴けますか」

無視したら、ずっとそのまま差し出していそうな気がして、小野寺は受け取った。

「小野寺先生らしくない。普段は、ボランティアには何でも甘えたらいいって言ってるのに」

職員室に向かいながら教頭が口にした嫌味にムッとしたが、確かに自分が何に腹を立てているのかわからなかった。

「すんません、大人げなかったと思います」

「それにしても彼らはレベルが高いですね。統制が取れているし、キビキビしています。ああいう若者は見ていて清々《すがすが》しい」

そうか、だから俺は腹立ってるんや、と気づいた。その統制やキビキビがいやだったのだ。あれじゃあ、まるで軍隊やないか――、そんな印象を持ったのだ。

「あそこの代表者は、小野寺先生の教え子なんですって」

教頭にまで知られていたとは。

「先日、遠間日報《にっぽう》でもインタビューされてましたよ。外資系のコンサルタント会社を辞めて、自分で資金提供までして災害ボランティアＮＰＯを立ち上げたんだとか。阪神・淡路大震災の時の恩返しだそうですよ。なかなか素晴らしいお嬢さんじゃないですか」

事なかれ主義の教頭とはウマが合わないのだが、そんな相手とさつきを話題にしていることに苛立った。思いがけない感情に自分自身が戸惑っていた。俺はなんで腹立ってるねん。あのさつきやったら、いの一番でボランティアに駆けつけても不思議やないやろ。

その点は理解できるのだが、軍隊のようにボランティアを束ねようとするのは、いくら考えても不可解だった。それは小野寺の知らないさつきだった。この激変はなんなのか。あれからも「会《お》うて、話さへんか」と何度か誘ってみたが「ちょっと今、時間がとれません」と冷たく返されるばかりだった。

さつき、なんで心を閉ざすんや——。

考えてもしゃあないか……。自問自答の末に気持ちを切り換え、首にタオルを巻いて気合いを入れた。とりあえず今は祭りの準備や。

一〇時ちょうどに大勢の仲間を引き連れて、あんちゃんがやって来た。一トントラックに軽トラ一台、マイクロバスが一台という大所帯だった。

「せんせ、あいつら何やってんですか」

赤いゼッケンの集団を見つけたあんちゃんが、顔をしかめている。

「祭りで怪我人が出んように、草引きとゴミ拾いをしてくださってる」

「まじっすか」

「まあ、気にするな。それより、またえらく大勢で来てくれたんやな」

「個人ボランティアの連中に、設営手伝ったら祭りに参加してもいいぜって言ったんすよ。そしたらたくさん集まってしまって。でも、こいつらが腹一杯食っても充分余るほどの飲み物と食料がありますから、ご心配なく」

あんちゃんはそう言うと、さっさと準備に取りかかった。櫓の設営や本部席のテント張り、さらには出店の準備と次々に指示を飛ばし始めた。

「地元の御用聞き」の面白いところは、各人がそれぞれ自由意志で集まっているのに、現場に出るとリーダーの指示を守ってよく働く点だった。彼らもキビキビしているが、さつきが率いるKTKPのような息苦しい印象がない。むしろ彼らのひたむきな姿勢が強調されて、好感が持てる。

それに彼らが来ると、そこには必ず笑いや賑やかな会話が生まれる。そのほがらかさも地元では評判のようだった。

祭りの準備も、児童たちを巻き込みながら楽しげに進めている。その一方で、KTKPの方は笑い声ひとつなく、ただ黙々と草を引いていた。

まさにリーダーの性格がそのまま出てるな。これが衝突しなければええんやが。

そうこうしているうちに、さつきが到着した。彼女の誘導で三トンのトレーラーが校庭に入ってきた。

「何が始まるねん」

「おはようございます。先ほど木村《きむら》がお伝えしたと思いますが、簡易のステージがあるとうかがったので、キャラクターショーをやらせてもらおうと思ってます」

「何をやるんや」

「ですから、計画書をお渡ししたと思うんですが」

受け取りはしたが、一瞥《いちべつ》もせずに職員室の机の上に置いてきた。

「すまん、取り込んでいて、読んでない」

「私たちはテレビで人気のキャラクターショーをお見せできる装備を持っているんです。子どもたちが喜ぶと思います」

さつきがあらためて計画書を差し出してきた。ざっと目を通すと仮面ライダーとブリキユアショーとある。

「『御用聞き』の中井君にも、話を通してるんやろうな」

「快諾戴きました」

じゃあ、まあ、いいか。

「それともうひとつ。今朝になって申し出があったんですが、α《アルファ》ジェットという人気バンドが慰問に来ていて、よければ、数曲歌わせて欲しいと言っています」

芸能界に疎《うと》い小野寺でも知っている超有名バンドだ。

「ほんまか、それは凄いな。けど、俺らが用意するようなちっちゃなステージで大丈夫なんか」

「ステージについては確認済みです」

今ひとつ信用できなかった。それにもっと気になることがある。

「そんなバンド来たら、追っかけとかも凄いんとちゃうんか」

「そこでご相談があります。『御用聞き』から二〇人ほどボランティアを出してもらいたいんです」

「なんでや」

「予想されるべき混乱から、彼らを守るためです」

やっぱりそういう話か……。

被災地には、連日のように著名人が慰問に訪れている。皆、善意なのだが、彼らをガードするスタッフを出せと言われて困ったという事例は何度となく耳に入ってきた。

「それなら、おまえが直接頼んだらええやないか」

「先生は、あそこのリーダーと親しいと聞きました。私がお願いするより話が早いと思います」

勝手なことを。

「そもそも、何でおまえのところのボランティアを出さへんのや」

「私たちのボランティアは、野外活動は一日、六時間以内と決まってるんです。夜のイベントに参加できるボランティアはそんなに大量にいないんです」

ボランティアに労働基準法が適用されるとは知らなかった。

「自分ちのボランティアには超過勤務を認めんくせに、中井君のところはええんか」

「彼らはそんなこと、気にしないのでは。それに、あそこのボランティアは屈強な人が多いので警備にはぴったりなんです」

おい、さつき……。

かつての少女とは別人としか思えない身勝手な女がそこにいた。

その時、小野寺の困惑を察知したように、あんちゃんが声を掛けてきた。

「よっ、お疲れ様です。どうしたんです、小野寺ちゃん、難しい顔して」

「実は、中井さんにお願いがあります」

立ち尽くしたまま何も言えない小野寺を見限ったのか、さつきが直接あんちゃんに頼み込んでいた。αジェットのライブの話と、彼らのボディガード役が二〇人必要だと彼女は手短かに説明した。

「すっげえな。そりゃあ、みんな喜ぶよ。いいぜ、二〇人でも三〇人でも使ってくれよ」

あんちゃんが余りにもあっさり快諾したのに驚いた。

「頼もしい返事はありがたいけどやな、αジェットって大音響でライブするバンドなんやろ。こんな場所でやれるんか」

「今回は被災地の事情を考慮して、アンプラグドでお願いしています」

「なんやそれ」

「へえ、あいつらそんなことできんだ。ますますレアじゃねえの」

小野寺には理解できない言葉を、あんちゃんはすんなり了解して顔をほころばせている。

「人手は何時からいるんだ」

「夕方だと思います。先生のお許しを戴ければ、先方のマネージャーと話をします」

だが、小野寺は納得できかねていた。

「なあ、あんちゃん、祭りには年寄りや小さい子もいるんだぞ。本当に大丈夫か」

「何とかなるんじゃねえの。それにボディガードつけるんだろ。大丈夫だって」

だが、さすがの小野寺も一人で決断できず、「五分くれ」と彼らを待たせて、浜登に相談した。

「それはまた豪勢じゃないですか。中井君だけじゃなくて、我々の方でも安全確保すればいいんじゃないですか」

　浜登も嬉しそうに了承したので、小野寺としては引き下がるしかなかった。ついでに、浜登にアンプラグドの意味をたずねると、「アンプを使わない演奏のことですよ」と即答された。

「どうしました。何か引っかかるんですか」

「具体的に何ってのはないんですが、どうもあんちゃんと相原がぶつかりそうで」

「大丈夫ですよ。衝突しかけたら、中井君が下がるはずですよ」

　そうだろうか。あんちゃんをして「天敵」と言わしめるさつきなのだ。互いに本気で衝突したら、到底、下がりそうに思えなかった。そうなれば、せっかくの夏祭りが台無しになりかねない。

「小野寺先生、そんなに心配しなくても大丈夫ですよ。彼はね、地元民としてのスタンスがよくわかっていますから」

「どういう意味ですか」

　校庭で小野寺の返事を待つ二人に目を遣《や》った。

一他所者の好きにはさせない、とか普段は威勢のいいこと言ってますけどね。あんちゃんはいかに他所者に助けられているかを痛感していますよ。知っているでしょう。彼はどんな支援物資だって喜んで全部受け取るし、遠間を助けたいという人なら、誰でも受け入れてきた。誰かの善意を心からありがたいと思っています。だから、どれほど虫が好かなくても、彼は相原さんを立てるはずです」

確かにあんちゃんは、ボランティアたちの勝手や傲慢《ごうまん》な態度でさえも、地元民が困らない限りはいつもへらへらとやり過ごしている。

——一番いけないのは、俺たちが忘れ去られることだろ。せっかく遠間の大変さを知ってくれたんだ。それだけで感謝せんとね。

たまに呑むと、あんちゃんはいつもそう話している。

「忘れ去られてしまうのが一番辛《つら》い」と。そして、「きっとみんないつかは飽きちゃうと思うんだ。人助けって疲れっから。それに、小野寺ちゃんもそうだけど、帰る場所があるだろ。いずれは去っていく人なんだ。だから、みんながいなくなるまでの間は甘えて、しっかり体力を蓄《たくわ》えておこうって思ってる。そっからが本当の勝負だから」と、あんちゃんはあっさり言ってのける。

大震災という悲劇が、被災者からたくさんのものを奪った。だが、わずかではあるが、その代わりに得るものもある。小野寺自身、それを神戸で実感した。

失ったものは返ってこないけれど、生きていくために前を向く勇気は、新しく得た友達や彼らと過ごす日々を通して手に入れた。だから、俺もここに来たような気がする。

おそらくは、さつきも……。

小野寺はさつきとあんちゃんのところに戻ると、αジェットのライブを「ぜひ、お願いする」と告げた。

6

夕暮れを前に、校庭には櫓を中心に提灯《ちょうちん》が賑《にぎ》やかに灯《とも》り、屋台からはおいしそうな香りが立ちのぼっている。子どもたちはキャラクターショーや、全て無料という夜店をのぞいては歓声を上げている。

αジェットを迎える準備も着々と進んでいるようだ。あとはライブを皆が喜んでくれて、何事も起きなければそれで充分だ。

「小野寺ちゃん、なにお茶なんか飲んで落ち着いてんの？　ビール呑みましょうよ。今日は学校行事じゃねえんだから」

本部席をのぞきに来たあんちゃんが缶ビールを差し出した。

「そうだね、じゃあ、戴きますか」

校長が嬉しそうにプルトップを引いた時だった。血相を変えたさつきが駆けてきた。

「ボランティアにお酒なんて、今すぐやめてくれないかしら」

あんちゃんを含め、三人とも乾杯しようと掲げていた手を止めた。

「いや、販売じゃなくて、振る舞い酒だぜ。今日ぐらいはいいじゃんか」

「そういう問題ではありません。即刻、ボランティアへのお酒の提供をやめてもらえませんか」

「どうしてさ。ちゃんと話し合ったじゃねえの。今夜は祭りだからさ、地元民とボランティアの垣根を取っ払って一緒に騒ごうって。大丈夫だよ、問題ないって」

あんちゃんはなだめるような口調で返した。

「困ります。私たちの団体は、現地での飲酒を禁じています」

「それは知ってるけどさ。なあ相原ちゃん、オフタイムについてまで、あんたが細かく制約するのは、どうなんだろうね」

「見解の相違です。私たちの団体は、困るんです」

「まあ、杓子定規《しゃくしじょうぎ》に言うなよ、さつき」

　堪《たま》らず小野寺も加勢した。

「また、花火の時みたいな騒ぎが起きるかもしれません」

「騒ぎ結構や。皆、いろいろ溜まってるやろ。それも全部吐き出してこその祭りやないか」

「校長先生、それでよろしいんでしょうか」

　さつきに急に話を振られても、校長は悠然としていた。

「相原さん、あなたのご懸念もわかりますが、今夜はいいことにしませんか。たまにはガス抜きもしないと、かえって事故の元ですよ」

　誰も味方する者がいないと悟ったらしい。さつきの目が細くなった。

「わかりました。では、我々の参加はただちに中止にします」

「おい、さつきちょっと待て」

　背を向けたさつきを小野寺は呼び止めたが、彼女は止まろうとしなかった。小野寺はさつきの細い二の腕を強く摑むと、校庭の隅にある平均台まで引っ張って行き、そこに座らせた。

「何をカリカリしてんねん」

「先生は、私をいじめて楽しいですか」

「私がやろうとしていることの全てが、気に入らないんでしょう？」

「そんなことはない」

「じゃあ、なぜ頭ごなしに否定するんです」

「別に否定している訳やないで。けど、ちょっと堅苦しすぎへんか」

「見解の相違です。とにかく私たちは引き上げますんで。αジェットについては、もうキャンセルできないので、くれぐれもよろしくお願いします」

　さつきが腰を上げたのを、手首を握って引き戻した。

「まだ話は終わってへん。なあ、さつき、災害ボランティアってなんや」

「被災地で困っている人を助ける人です。見返りも報酬も求めない」

「気高いなあ。けど、人間て、もっと泥臭い生き物やろ。それは、おまえも神戸で体験したやろ」

「だからです」

　だから……ってなんや。

「先生、神戸の避難所で、一日何回喧嘩したか覚えていますか」

　いきなり話が、あさっての方向に飛んだ。

「なんや、藪《やぶ》から棒に」

「最低でも二、三回は、ボランティアに怒鳴ってました。なぜです？」

記憶は定かではない。だが、確かに震災直後は、毎日何度も怒鳴っていた気がする。

「そらあ、そいつらが舐《な》めた態度を取ったからやろ」

「おまえら、何しに来とんのや、善意の押しつけはやめんかい。相手の気持ちをちょっとは考えろ――。何度もそう怒っていました」

そうだった。いや、確かに何度もそう怒鳴っていた。

「ボランティアに行きたい、被災者の手助けをしたいという気持ちは素晴らしいと思います。だからといって、被災地で勝手な行動を取るのは迷惑です」

「まあな。せやからと言って、規律でボランティアをがんじがらめにすれば、うまくいくというわけでもないやろ」

さつきは、これ見よがしに大きなため息をついた。

「アメリカにいる時に、私はしょっちゅうボランティア活動に参加していました。あの国では特別な意識がなくても、ごく自然に参加できる活動がたくさんあります。それに私は神戸で励ましてくれたボランティアの人たちのありがたさが身に染みていましたから」

震災当時、さつきは避難所のマスコットだった。孤独を抱えていたさつきが笑顔で過ごせたのは、大勢のボランティアがいたからだ。

「アメリカで活動するうちに、統制が取れていないボランティアチームは時にとんでもなく被災者に不快感を与えるんだと気づきました。そして、ハリケーン・カトリーナの災害ボランティアに参加して、勝手気ままなボランティア団体の横暴を目《ま》の当たりにしたんです」

あれは二〇〇五年だったか。ルイジアナ州を中心に死者行方不明者二五〇〇人にも及ぶ大災害に、全米のみならず世界中から災害ボランティアが駆けつけた。

小野寺がそれをよく覚えているのは、神戸市の代表ボランティアとして参加を予定していたからだ。ところが、出発直前に酷《ひど》い夏風邪でダウンして断念した。

「あのハリケーンで甚大な被害を受けたのは、最底辺の暮らしをしていたアフリカ系アメリカ人や高齢者など社会的な弱者でした。避難所での生活も劣悪を極めました。そして一部のボランティアたちの横暴が目に余りました。無論、必死で支援した人もたくさんいます。でも、劣悪な環境の中で支援を途中で投げ出したり、被災者への迷惑を顧《かえり》みない行動もたくさんありました」

だから、どないしてん。所詮、ボランティアなんてそんなもんだろう。無償の善意に丸ごと寄りかかろうとするからトラブルになるんや。

「そんな中で、大活躍した団体があったんです。ボランティアに厳しいルールを貫いた団体でした。彼らの目的は被災者の苦痛を少しでも和《やわ》らげることにありました。そのために全てのボランティアの参加期間を短くし、活動中は徹底的な管理を貫いていました」

それを真似《まね》したわけか。

「私も最初は、規則でがんじがらめな彼らの行動を窮屈だと思いました。だから、自分の団体では自発性を大切にした支援をしていました。でも、それは間違いでした」

「どういうことや」

仮設ステージでは、人気テレビ番組のキャラクターショーが始まっていた。小さな子どもたちだけでなく、若い学生ボランティアたちも嬉しげに歓声を上げている。

「私たちの団体は至る所で問題を起こしたんです。押しつけがましい行動をとったり、深夜に大騒ぎしたり、ボランティアの活動内容を選り好みする学生も後を絶ちませんでした。一番ショックだったのは、そういうボランティアの横暴を我慢している被災者が大勢いたことです」

同じことは遠間でも起きている。

「その時、気づいたんです。私の避難所暮らしが楽しかったのは、小野寺先生がいてくれたからだって――

「心ないボランティア相手に、いちいち抗議してくれる先生がいたから、あの避難所はとても居心地がよかった。先生みたいな人がいたから、避難所で安心して暮らせたんだって」

――なんやって」

小野寺はむずがゆかった。褒《ほ》めているんだろうが、あれは単なる口やかましいおっさんが暴れていただけに過ぎない。

「ルイジアナで厳しい生活を強いられている貧しい人たちの避難所には、小野寺先生のような存在がなかった。だから迷惑ボランティアに耐えるしかなかったんです」

不意に、先日の会合でＰＴＡ会長が漏らした言葉が蘇《よみがえ》った。

――これだけお世話になっているのに、面と向かって彼らに苦情をぶつけるのは、心苦しくて。

「小野寺先生のような方がいるところだったら、ボランティアが自由に活動しても問題は起きないと思います。でも、大半の被災者は、言いたいことの半分も言えずに黙って支援を受けているんです」

だから不満や苦情は口にした方がええって俺はいつも遠間の人に忠告してるんや、と言いかけてやめた。そうだ、俺のようにできる人は、少ない。

「押しつけがましい支援はやめてくれ、被災者の神経を逆撫でするような行動は慎《つつし》んで欲しい。そう言える人は稀《まれ》です。だとすれば、そうならないようにボランティア側が徹底すべきなんです」

まさか、そこまで考えていたとは思っていなかった。厳しく統制するのは、いかにもアメリカナイズされたエリートの考えだと独り合点していた。あんちゃんが「風紀委員長」と揶揄《やゆ》した時も、その通りやなと納得してしまった。

俺はどんだけ鈍感やねん。

「どれだけ厳しくしても、先日の夜のような不始末をしでかします。若い人が多いんだし仕方ないんですが、でも、ああいうことを可能な限り減らしたい。だから、私たちの団体は、ボランティア活動は一週間と限定しています。それに一日六時間以上作業をさせません。心身が持たないからです。我々スタッフも一ヵ月勤務すると、最低二週間は自宅に戻ります。その代わりに活動中は規律厳守せよと」

聞けば聞くほど立派だった。いや、立派すぎて気に入らない。

「なんか窮屈やな。そこまでストイックにせな、あかんか」

「たかだか一週間の我慢ですよ。被災した方々は毎日窮屈で苦痛で、辛い日々なんです」

「その通りやけどな。でもな、それでも俺はそれぞれの自発性をもっと大切にしてほしいんや」

納得できないのか、さつきは唇を強く結んだまま足下を見ている。

「たとえば、あんちゃん見てみ。『地元の御用聞き』は何でもありやぞ。規律だってゆるいし、みんな楽しそうにわいわいやってる。けど、酷い迷惑行為はせえへん。あいつらにできて、なんでおまえのところはでけへんねん」

「彼らは地元民で、私たちは他所者《よそもの》だからです」

即答されて、言葉に詰まってしまった。

「彼らにとっては被災地が日常です。ここで踏ん張って生きていかなければなりません。だから何をしてもいいと思いますし、それに自分たちの地元なんですから無茶はしないでしょう。でも、私たちのように他所からやってきたボランティアにとって、ここは非日常の場所なんです」

「すまん、俺には言っている意味がわからん」

「私たちには、旅の恥はかき捨てという感覚が、どこかにある気がします。でも、中井さんたちは、これからもここで生きていくんです。そして、痛みも喜びも相身互いで共有できるんです。顰蹙《ひんしゅく》を買うようなことがあっても、それは地域で吸収するんだと思います。うまく言えませんが」

キャラクターショーが盛り上がっているステージの脇で、あんちゃんたちはαジェットの受け入れ準備を淡々と進めている。相変わらず賑やかではあるが、作業には無駄がない。

「もし、私たちが長期のボランティア活動を掲げるプロ集団なら、別のやり方もあるかもしれません。でも、専門家でもない限り、結局は自己満足のためだけの活動になりかねない」

「けど、もうちょっと肩の力を抜いたらどうや？　おまえを見ていると痛々しいねん」

さつきが苛立ったように立ち上がった。

「中途半端な気遣いが、人を傷つけるのをおわかりですか」

「なんやて？」

「先生は優しい方です。優しいから誰にでも声を掛けるし、真っ正面から向き合い、本音をぶつけてくれます。でも、それは時として、人の心を傷つける場合もあると、ご存じですか」

今度はなんの話が始まるんだ。

しばらくさつきは、小野寺をじっと見つめていた。やがて感情が高ぶったように、顔を背けた。

「先生、覚えてらっしゃいますか。酔っぱらって、俺の娘になるかって私におっしゃったの」

あの時、何度か思ったのは確かやが、面と向かって言うたことはないはずや。まさか俺は本人に向かって言うてたんか。

「やっぱり……。すっかりお忘れですね。私、めちゃくちゃ嬉しかった。被災して、おばあちゃんが亡くなったのに心配すらしない父じゃなくて、先生と一緒に暮らしたい、娘になりたいと思った」

「すまん、俺がそんなこと言うたなんて、まったく記憶にない」

「そうですよね。先生も奥様とお嬢様を亡くしたのに、私たちのような被災児童の面倒を見なければならないし、毎日、バカなボランティアも叱らないといけないしで、きっと身も心もボロボロだったと思います。そんな中で、酔った勢いで口走ってしまっただけなんでしょうね」

「さつき、そんなふうに言わんといてくれ」

「でも、私は信じたんですよ。嬉しいって心から思いました。なのに先生は、父の代理と称するあの女が迎えに来た時、私の背中を押した」

「いや、ちょっと待て。おまえ、自分でもパパと暮らしたいと言うたやないか」

「普通、言うでしょ。でも先生なら、あんな薄情な父親じゃなく俺と暮らそうって言ってくれるんじゃないかって、私は期待したんです」

そんな。

あの時のさつきの悲しそうな目が小野寺の脳裏《のうり》に蘇った。俺はあの目を誤解してたんか。ただ、自分や友達と離れるのが辛いという程度にしか思っていなかった。

「先生に記憶がないのは、酔ってたからでしょ。それを責めるつもりはありません。だから、私は酔っぱらいが嫌いなんです」

いや、さつき……。

小野寺は返す言葉を失っていた。あの混乱の日々の中で、さつきを養女にしたいと思ったことは否定しないが、所詮それは非現実な話だった。だが、それを期待したさつきの気持ちを裏切ったのは事実だ。

「さつき、俺はどう言えばええんやろうか」

「謝ってくれと言っているんじゃありません。でも、先生だって人を傷つけることがあるんだって、ご自覚されるべきだと思います。失礼します」

呆然と立ち尽くしてしまった小野寺を置いて、さつきは校門へと向かった。

あんちゃんが目ざとく気づいて、彼女に近づいた。

「なあ、相原ちゃんさあ、帰るなんて言うなよ。小野寺先生に免じて、今日だけ無礼講で行こうぜ」

「αジェットのライブが終わったら、お酒でもなんでもどうぞ好きになさってください。でも、私は失礼します」

「だから、堅いこと言うなって」

あんちゃんの手が、さつきの肩に触れた。

「中井さん」

「なんだい？」

「うざい」

あんちゃんは、びっくりして手を引っ込めた。さつきは振り返ることもなく、校門を出て行った。

何も言えないまま彼女の背中を見送った後、小野寺が見上げた空には星が瞬き始めていた。

忘れないで

1

店に到着したら既に「五三会」は始まっていた。小野寺徹平《おのでらてっぺい》が一九九四年度に担任した神戸《こうべ》市立深江《ふかえ》小学校五年三組の同窓会で、毎年一月一六日の夜に開催されている。

「まいど」

「わあ、先生！　いらっしゃい」

派遣先の東北から駆けつけた小野寺は歓声で迎えられた。こういう瞬間が苦手だった。あちこちから声を掛けられるのが照れくさくて、おざなりな挨拶《あいさつ》になってしまう。

「徹平ちゃん、ここにどうぞ」

阪神《はんしん》深江駅前で居酒屋を営む畑野康司《はたのこうじ》が布袋腹《ほていばら》に巻いたエプロンで手を拭《ふ》いてから、長テーブルの中央を指した。

恩師を「ちゃん」づけで呼びやがってと思いながらも、まだ照れくささが抜けなくて、愛想《あいそ》笑いばかり返していた。

「いや、俺は隅っちょでええよ」

「なに照れてんですか。徹平ちゃんは真ん中でしょうが」

背中を押されて中央の席に腰を下ろした。この日は貸し切りだという。

当時の五年三組の児童数は三九人で、今夜は半数以上が顔を揃えていた。九五年に一一歳だった子どもたちも、今や二八歳の立派な大人だった。

「では先生もいらしたことだし、改めて乾杯しましょうか」

康司が後退し始めた頭を撫《な》でながらビールジョッキを手にした。彼の妻がすかさず小野寺にジョッキを手渡してくれた。

「じゃあ、水口《みずぐち》、頼むわ」

東大から国土交通省入省というクラス一のエリート、水口善光《よしみつ》が立ち上がった。

「早いもので震災から一七年が経《た》ちました。去年は東日本大震災が起きて、みなさんもいろんなことを考えたんじゃないかと思います」

「堅いなあ、おまえはいっつも」

元問題児で今はトラックの運転手をしている橋本健太《はしもとけんた》が野次《やじ》ると、康司が「しゃあないやろ。お堅いお役人様やねんから」と混ぜっ返す。茶化されるのも気にせず、水口はメタルフレームの眼鏡に手をやってから続けた。

「なにはともあれ今年もまた、こうして昔の仲間が集まれて嬉《うれ》しいです。じゃあ、乾杯！」

「乾杯――」

ジョッキを軽く当てる音があちこちで響いた。

最初の頃は、震災で亡くなった三人の同級生のために黙禱《もくとう》し、乾杯ではなく献杯で会を始めた。しかし、五年前に小野寺は「湿っぽいのはもうやめようや。翔平《しょうへい》も奈々《なな》も桃子《ももこ》も、みんなと一緒に乾杯したいんちゃうか」と提案した。死んだ人を悼《いた》みながらも、今を生きる若者を称えたかったからだ。以降は三人の顔写真を並べて全員で乾杯し、賑《にぎ》やかに過ごしている。

みんな、元気そうで何よりや。

早くも感傷的になりそうな気持ちを抑《おさ》えて、小野寺はビールを流し込んだ。

「センセ、見ましたよ。ＮＨＫのドキュメンタリー」

こういう時にいつも話の口火を切る玉恵《たまえ》が開口一番に言った。

「俺も見たよ。〝『わがんね新聞』奮戦記〟だろ。先生、すごいな。あっちはかなり大変そうやのに、がんばってはりますやん」

その話題が振られるのは覚悟していたが、いきなり過ぎる。どうやら全員が放送を見たらしい。冷やかしを軽いノリでかわせず、小野寺は「まあな。けど、神戸から追い出されたし行くとこなかったしやな」とぶっきらぼうに言うしかなかった。

「聞いてますよ。西区《にし》の小学校で校長と大喧嘩《おおげんか》したのがきっかけなんですって」

そういう玉恵は、今では神戸市内の小学校で教鞭《きょうべん》を執っている。彼女以外にも二人の教え子が教職に就いていた。

「あそこの校長って陰険で有名だから、心配してたんですよ。でも、型にはまらない先生は、心配するだけ無駄でした。東北でのびのびされているとわかって嬉しかったですよ」

玉恵と同じく教師の時田直之《ときたなおゆき》も加わった。そしてNHKのドキュメンタリーを見て、いたく感動したと続けた。

「それは私も同感やわ。テレビ見ながら、やっぱり小野寺先生は凄《すご》い教師やと見直しちゃいました」

「センセも凄かったけど、子どもたちが頑張るのを見てるだけで、不覚にも泣いてしもたわ。ずっと問題児やった俺は改めて反省しました」

そういう健太も、阪神・淡路《あわじ》大震災で被災した時の頑張りは素晴らしかった。授業には集中できず教室をうろつくし、ひどい悪戯《いたずら》ばかりしていたが、被災後に小学校の体育館での避難所暮らしが始まると、率先してよく働いた。大好きだった祖父母を震災で亡くしていたにもかかわらずだ。

「健太も、よう頑張っとったで。おまえなら、今の遠間《とおま》第一小の子どもたちの中に入れても、一番頑張る子になったかもしれへんなあ」

健太は素直に喜んだ。褒《ほ》められると心から嬉しそうな顔になるのは少年の頃と同じだった。

「校長先生と喧嘩したからやって玉恵は言《ゆ》うてたけど、ホントにそれだけで東北に応援教師に行こうと思いはったんですか」

アパレルに勤める奥本咲子《おくもとさきこ》がなかなか鋭いことを聞いてきた。

「なんでや。それだけやったら変か？」

「そういうわけではないですけど、それくらいの理由で移住できるような場所じゃないと思って。テレビで見てましたけど、津波ってむっちゃ怖いですね。まちはメチャクチャでしょ。二万人もの方が亡くなってるみたいだし。行方不明者だって凄い数じゃないですか。そんなところに行ったら、嫌なこと思い出すんやないかって私なら怖くなる」

咲子が何を言いたいのかもわかった。彼女は、東日本大震災の報道はなんとなく避けて見ないようにしていたという。そういう者は意外に多かった。

小野寺自身も、震災で妻と娘を亡くしている。絶望のあまり後追い自殺したいと思ったことも何度もある。その一線を越えずにすんだのは、担任していた子どもたちがいたからだ。俺がこいつらを守らなあかん、ちゃんと卒業させたらなあかんという気持ちの張りだけが生きるよすがだった。

だが、咲子には、思いつめた表情で駅のホームに立っていたのを目撃されている。あの時、彼女が声を掛けてくれなければホームの端を蹴っていたかもしれない。

「実はな、あんまり深く考えへんかってん。向こうでの生活が実際に始まってから後悔したりもした。なんで俺こんなところに来てしもたんやろって。けどな、ニュースを見た時は居ても立ってもいられへんかったんや」

彼らが一九歳になった年に同窓会は始まった。互いに近況を伝えあい盛り上がるが、不意にしんみりする瞬間は少なくない。今年は東日本大震災という新しい要素が加わって、ちょっと複雑な雰囲気になっていた。

「実は僕、仕事を三ヵ月ほど休んで、被災地でボランティアしてきました」

清酒会社に勤めている工藤雄輔《くどうゆうすけ》が切り出した。

「おまえがボランティアやって」

健太が驚くのも無理はない。工藤は気弱な子どもで、いつも誰かと一緒でないと何もできない〝あかんたれ〟で、社会人になってもその印象は変わっていなかった。

「阪神の時の復興って、今思えばわりと早かったでしょ。それは嬉しいけれど、そこに出現したのは、僕らが知っていた場所とはちょっと違う景色でした。ああ、僕らの知っているあのまちは、もうないんやって。最近時々思うけど、復興後のきれいな場所と、昔からずっと変わらないである場所って空気違うなぁって。なんでそうなったんやろって不思議で、それで被災地に行ってみようって思って。最初は数日で帰るつもりやったんですけど、結局三ヵ月もいました」

震災は、当時子どもだった彼らに大きな喪失感を与えた。工藤は両親ともに無事だったが、連日、生きるために必死に奔走する大人たちの異様な切迫感は恐かったろう。そして外に出ればまちは崩壊している。それらの光景が、彼らの人生に何らかの作用を及ぼしたのは間違いない。

「俺もさ、最近東北方面の仕事を積極的に入れてんですよ」

健太がそう言うと、参加者の大半が、一度や二度はボランティアや仕事で東北に行っていると言い出した。

「僕は怖くて、市教委が募集した被災地派遣教諭には応募しませんでした。でも、やっぱり気になって、同期が派遣されている石巻《いしのまき》に、夏休みの間だけ滞在していました」

時田は、その時の経験が学校で役立っているという。

「今の小学生は震災の体験なんてありません。だから、先生やまちのお年寄りからいろいろ教わるんですけど、実感がわかなかった。それが東北の震災で、彼らにとって地震が身近になったんです。僕は、二つの被災地を見て、自分が感じた思いを子どもたちに伝えています」

彼の言葉に大勢が頷《うなず》いている。

「なあ、おまえらは、自分らのこと忘れないで欲しいって思たことあるか」

神戸に戻る直前、遠間第一小学校でちょっとした出来事があった。それについて、小野寺は彼らの意見を聞きたくなった。

2

その保護者たちが現れたのは、三学期が始まってすぐの放課後だった。地元ではあまり見掛けないような都会的な身なりの母親三人が、校長室で待っていた。そもそも三人の母親の雰囲気だけで、小野寺の警戒警報が鳴り響いていた。

「先生は、一七日に神戸で行われる阪神大震災の追悼式に参加されるそうですね」

誰の母親かも名乗らないまま、相手は話を進めた。

「それでお願いがあります」

いやな予感がした。

「私たち、先頃、『東北忘れないでプロジェクト』を発足させました」

なんや、それ。

「先生、新年を迎えて、日本中が東日本大震災のことを忘れ始めていると思いませんか」

「は？」

相手に失礼だと慮《おもんぱか》る前に、思わずそう返していた。

「そうは思いませんけどねえ。大晦日《おおみそか》のテレビでは、各局が震災特集をやってましたやん。ＮＨＫの『ゆく年くる年』でも、被災地からの中継ばかりだったし」

「でも、年明けと共に、急に扱いが悪くなりました。みんな飽きてしまった気がしませんか。これは風化の始まりです、ゆゆしき事態です」

風化か……。〝阪神〟の時も一部でそんなことを声高に言う奴がいたな。

一緒に聞いている浜登《はまと》は黙って腕組みをしている。

「それは、ちょっと考えすぎとちゃいますか」

「いえ、風化してるんです！　それを止めよう、と私たちは立ち上がったんです」

「そうですか、頑張ってください」

人それぞれに考え方があるのだから、それをとやかく言うつもりはなかった。

「それで慰霊祭会場にこのポスターを貼っていただきたいんです。それと、先生のご人脈で、あちらでの署名活動もお願いしたいんです」

一人が、図面用の長い筒からポスターを引っ張り出した。

瓦礫《がれき》の中で泣いている幼女の写真一枚を全面に引き伸ばし、上方に「忘れないで、東北」と太い筆文字のコピーが一行ある。

泣いている幼女が自分の死んだ娘に見えて、一瞬ぎょっとした。

「これは、ちょっとどうかなあ」

思わず感情が乱れそうになるのを曖昧《あいまい》な反応でごまかしながら、隣で腕を組んでいる浜登の方を向いた。浜登も珍しく渋い顔つきだった。

「何か問題でもありますか？」

母親らには教諭二人の態度は想定外だったらしい。

「つまりですね、扇情的っていうか挑発的っていうか、まぁ、ちょっと……。そもそもこんな写真使って大丈夫なんですか」

「娘ですから」

団体代表だと言う母親が胸を張った。

「そうですか……。お嬢さんのこんな姿をポスターに使って、本当に大丈夫ですか」

「もちろんです。娘も喜んでいます」

いやあ、この年じゃ、何もわからないだろう。

「失礼ですが、これはいつ撮られたんですか」

浜登が聞くと、相手はほんのわずかの間だが迷いを見せた。

「何をおっしゃりたいんですか」

「これは秋頃に撮っておられるでしょ。ほら、ここにミズアオイが実をつけてますね。ミズアオイは準絶滅危惧《きぐ》種だったんですが、なぜか津波の後に大量発生して、去年は学校周辺の川辺や沼でも青いきれいな花を咲かせていました」

校長が指さしているのは、泣いている幼女の足下だった。青緑色のホオズキのような実が生《な》っていた。

「花の終わりが一〇月末、実ができるのは一一月ですね。写真を撮られたのも、その頃ですか」

「だとしたら、どうなんですか」

それまで自信に満ちていた彼女が気色《けしき》ばんだ。

「おそらくこの写真を見た方は、お嬢さんは震災直後に怖くて辛《つら》くて泣いていると想像するでしょうね。そして、震災の悲惨さを思い描く」

なるほど、確かに俺はその通りの事態を想像した。

「被災地と被災者を忘れないでという言葉に嘘はありません」

だが、そのために用意したのが演出されたものだとわかると、その熱意は汲み取れても、モヤモヤした感情が生じる。

「小野寺先生、ひと肌脱いで戴けませんか。神戸の人なら、私たちの切実な気持ちをご理解くださると思うんです」

小野寺はポスターを手に取り、泣きじゃくる幼女の写真と「忘れないで、東北」と書かれた文字をもう一度見つめた。

忘れないで。――誰に対してそう願っているんだろう。忘れるってなんや？

「西田《にしだ》さん、一つだけよろしいですかな。忘れないでっておっしゃいますが、何を忘れないで欲しいとお考えなんでしょうか」

同じことを感じたらしい浜登がそう問うと、前のめりになっていた団体代表はソファに座り直した。

「東北で未曾有《みぞう》の大震災が起き、多くの被災者が今なお住む家も無くて苦しんでいるという現実です」

まあ、そうやねんけどな――。

気持ちはわかるねんけどな、でも、ちょっと待って……。そう言おうとしたのを、すぐに打ち消した。なぜなら自分は当事者ではないし、何よりこの人がどういう悲しみを背負っているかわからないからだ。もしかして娘以外の家族は失っているかもしれない。

どうにも居心地が悪くて、小野寺は困り果てた。

「被災者の中には、一日も早く震災のことを忘れてしまいたいと思っている方もいらっしゃいますよ」

「校長先生、話をすり替えないでください。私たちが訴えている相手は被災者ではなく、東北以外で何事もなかったように日常生活を送る人たちです」

「何事もなかったように、ですか……」

「だって、そうじゃないですか。発災当初は繋《つな》がろうとか絆《きずな》とか言ってたくせに、今じゃあ、お荷物みたく思っている人が増えたと聞きます。それはあんまりだと思いませんか」

それは否定しない。だからと言って、被災地以外に住む人の思いを一括《ひとくく》りにして詰《なじ》ってよいのだろうか。皆、それぞれの生活がある。東北のことは気に掛かっていても、仕事や家庭の雑事に紛《まぎ》れれば、発災直後の強い思いは消える。そういうもんじゃないのか。日常生活というなら、今まさにこの復興の途上こそが俺たちの日常やないか。それと向き合っていたら他人のことなんか目に入らんやろうに……。

「それで神戸の人は、どうすればいいんです」

小野寺がそう言うと、険《けわ》しい目つきで睨《にら》まれた。

「特別には何も。これからも私たちのことを思って欲しいという願いを伝えたいだけです」

「わかりました。では、お預かりします。私が参加するのは、東遊園地《ひがしゆうえんち》という公園で行われる『1・17のつどい』です。遊園地って呼ばれてますけど、実際は公園ですわ。『慰霊と復興のモニュメント』がある場所で、並んだ竹灯籠《たけとうろう》の中にロウソクを灯《とも》して鎮魂するんです。そういう場所なんで、ポスターを貼る場所があるかどうか」

「適当に貼っていただけたら。私たちは行けませんので、仲間にも託《たく》します。でも、やっぱり地元の先生にお縋《すが》りするのが一番だと思いまして」

縋るなんぞという気持ちは微塵《みじん》もなさそうに見えるが、小野寺は黙って受け取った。預かれば、この人たちは帰ってくれるのだろうから。

「ベストを尽くします」

そう言うと、こちらが気恥ずかしくなるくらい感激して三人の母親は帰っていった。

「小野寺先生、あんな安請け合いをしてよかったんですか」

二人きりになると、浜登は心配そうに言った。

「どうにかしますよ。個人的には理解も共感もないですけど、これを見て何かの善意が生まれるかもしれない。善意はなんぼあっても困りませんやん」

だが、校長はまだ何かを言いたそうにポスターを見つめている。

「忘れないでっていうメッセージは、重く深いですね。同時に、ちょっと情けない。でも口にするのは、あのお母さんたちだけではないですからね。むしろよく目にする言葉ですね」

「まあ、こんだけ何もかもが停滞してたら、こういう言葉の一つも吐きたくなるんとちゃいますか。沿岸部の住宅を高台に移転するって言うてますけど、いまだにまとまってへんでしょ。将来に対する計画もはっきりせんし」

「神戸の時はどうだったんです。恥ずかしながら、あの災害は私にとっては、所詮は遠い地のできごとでした。感覚としては海外の大災害とあまり変わらなかった。ニュースには驚くが、すぐにいつもと変わらない日常に戻ってしまった。なのに自分たちがこうなってみると、忘れないで、と思ってしまう」

「時代も背景も違いますから。確かに被災したことをええことに、お国にあれこれおねだりもしたと思いますけどね。長い間、義援金を当てにしてまともに働かんかった人もいます。でも、忘れないでとか、そういうのはなかったかな。がんばろや、ばっかり言うてました」

阪神・淡路大震災と東日本大震災を比べてはいけないと、小野寺は遠間市に赴任して以来肝《きも》に銘じている。規模も被災の性質も異なる。また、住民の気質も全然違う。大阪で生まれ、大学進学を機に神戸で暮らしていた小野寺から見れば、東北の人は真面目《まじめ》だし、辛抱強く控え目だった。それは良い面もあるが、時にどこか受け身にも思えた。

思い返せば阪神地区は、壊滅した都市機能の復旧が驚異的に早かった。水道、電気、ガスのライフライン、そして高速道路から、新幹線、在来線までメチャクチャになったにもかかわらず、大半は一年以内に復旧した。

東西を結ぶ大動脈の寸断に誰もが焦《あせ》ったのと、大都会の底力と言えばそれまでだが、それに比べると東北の復旧の遅さは小野寺でさえ呆れるほどだ。

「情けないですな。もし、日本国民が被災地を忘れてしまうのであれば、その一因は我々にもあると省みるべきです」

「それは私もちょっと思う時ありますけど、原発事故とかもあって、冷遇されているのもまた事実です。被災者からすると見捨てられるんちゃうかって不安が募《つの》るのは当然やと思いますよ」

「だったら、とっとと立ち直ればいいんです。それから」

浜登にしては珍しいぐらい感情的だった。

忘れないで――。かつての俺にはなかった感情の意味を、ちゃんと考えてみるべきかもしれない。

そう言えば、地元のボランティア団体を主宰しているあんちゃん――中井俊《なかいしゅん》が似たようなことを言っていたのを思い出した。

――一番いけないのは、俺たちが忘れ去られることだろ。せっかく遠間の大変さを知ってくれたんだ。それだけで感謝せんとね。

あんちゃんの言葉には違和感を覚えなかったのに、なぜ、今はこんなに引っかかるのだろう。

それはあんちゃんが「みんな忘れていくし、飽きちゃう」と知っていて、それでも敢《あ》えて口にしたからだろうか。

――小野寺ちゃんもそうだけど、帰る場所があるだろ。いずれは去っていく人なんだ。

あんちゃんはそう言った。

泣き顔の幼女のポスターを眺めながら、重い宿題を与えられたと思った。

「そのポスター、見せてくださいよ」

玉恵に促《うなが》され、ポスターを取り出した。空港からまっすぐ居酒屋にやって来たので持参していたのだ。

3

「インパクトを大事にしたんやろうけど、これはやりすぎやろ」

康司が残念そうに言った。

「でも、気持ちはわかるよ。私、他のクラスの子が奈々たちのこと忘れてたら、今でも腹立つもん」

咲子がぽつりと漏らした。

「でも、僕らは二ヵ月で忘れ去られちゃったじゃないですか」

水口が突き放すように言った。そうだ、あの年は東京で大事件が起きたんだった。

震災から約二ヵ月経った三月二〇日、東京都内の地下鉄で多数の死傷者を出した地下鉄サリン事件が発生した。犯行はカルト教団による同時多発テロだと判明し、日本中が騒然となった。

その結果、マスコミの関心は阪神・淡路大震災から離れた。

「ウチのオヤジはあのニュース見ながら、よう怒ってたわ。なんや神戸の話はもう飽きたんか、言《ゆ》うて」

健太の両親は震災によって、代々続いた家業を閉じている。不可抗力の状況で人生が大きく変わってゆく時に、ニュースの移り気の早さを見せつけられるのはやりきれなかったろう。

「でも、逆にあれで見てろよっていう気になったって俺の両親は言うてたよ。腹は立ったけど、結果的には良かったんやろな」

康司の指摘には同感だった。だとしたら、東北を忘れるくらいの大事件が起きた方が、このもどかしい停滞を突破できるのかもしれない。一瞬、そんな暴論が浮かんだが、実際にそうなればさらに諦観《ていかん》が広がる可能性が高かった。だとすれば、やっぱりこのポスターは必要なんだろうか。

「私は、忘れんといてって思ったこともあるけど、忘れたいこともいっぱいあった」

玉恵がしみじみと言った。

小野寺だって妻と娘を失ったという現実から逃げることばかり考えていた気がする。教え子や友人を亡くし、自分自身すら見失ってしまったあの頃のことなんて、全部忘れてしまいたかった。

「俺も玉恵の気持ち、ようわかる。けど、不思議やねんけど、同時に忘れへんぞって思っているこどもいっぱいあるよ。俺らが毎日遊んでた公園とか、ジジババのお菓子屋とか。楽しかった思い出は、今でもちゃんと覚えているもんなあ」

康司が地元の純米大吟醸を冷蔵庫から取り出しながら言った。健太は早速冷酒を一口呑んで「うまい！」と褒めた後、続けた。

「俺は小学校の体育館で過ごした避難生活だけは、今でも大事な思い出や。ろくでもない思い出の方が多いけど、同時に俺はあそこで鍛えられたと思ってる」

「結局、忘れないでって言葉をどう解釈するかですよね。見捨てないでという意味にとるのか、あの時に起きたことは教訓としてあるいは励《はげ》みとして大切にするのか。どちらになるかで全然意味が変わってきます。少なくとも、このポスターからは後者の意味が汲み取れない。そこに違和感を覚えるんじゃないですかね」

秀才君らしい意見だった。

「水口君の言う通りよ。それにしてもこれ、ショッキングなポスターね。思わず忘れてましたって謝りたくなるわよね。でも強いインパクトを与えるのは大事やと思うけど、強すぎるのもねえ」

玉恵の意見に皆が頷いた。おそらく、あの母親たちもそういう心の隙を突きたいのだろう。だとしても、小野寺はやっぱり与《くみ》したくない気がした。

「僕は何か挫《くじ》けそうになると、当時住んでいた家があった場所に行くんです」

時田の自宅は、震災で一階部分が押し潰された。両親は圧死したが、時田だけは助かった。生き埋めになっているのを、近所の人や消防団員が必死で救出してくれたのだ。

「むっちゃ怖くて辛い記憶やけど、僕はちゃんと生き残ったんやっていうのを思い出すんです。それで死んだ両親をがっかりさせんように頑張らなあかんって活《かつ》入れてます」

「俺も似たような気持ち、あるなあ。あの日、大好きやったじいちゃんもばあちゃんもいなくなってしもた。けど、避難所でいろんな人に可愛がってもらって、大勢の友達がいたから乗り切れた。それは忘れへん。みんなに助けてもらったから今の俺があるねん。心配せんでも、人は簡単には忘れへんて。みんな覚えているし、何より自分自身が覚えてたらええ話やろ」

健太の目は真剣だった。彼の言葉を、あの母親たちに伝えたいと思った。

人は忘れる生き物だ。だが、どれだけ忘れようとしても消えない記憶もある――。

忘れないでという言葉は、他者ではなく、自分自身に言い聞かせる言葉なのかもしれない。

「あっ、さつきからメール来た！」

4

玉恵がスマートフォンを見て叫ぶのを聞いて、昨夏の一件を思い出してしまった。夏祭りの日以来、会ってない。小野寺の屈託など知らない同級生たちは懐かしい友の話でさっそく盛り上がった。

「さつきって、相原《あいはら》さつきか。アメリカでバリバリに活躍しとんちゃうんか」

「健ちゃん、その話はもう古いって。さつきは東日本大震災が起きたのを知って、仕事を辞めて帰国してるねん。今、東北でボランティア団体を立ち上げて代表してるわ」

玉恵の報告にほぼ全員がどよめいた。どうやら、数人しか知らない事実だったようだ。

「先生は向こうで会ったんでしょ。さつきに聞いたわよ」

容赦なく玉恵の質問が飛んできた。

「まあな」

「そうなんですか！　どうでした、相変わらずべっぴんでしたか。俺、めちゃ憧れてたんですよ」

身を乗り出す健太の頭を、康司が叩いた。

「昔より美人になっとったで。でもとにかく言うことがキツイんや。あいつ、あんなに気が強かったっけ」

「そりゃアメリカで鍛えられたんでしょ」

小野寺の脳裏《のうり》に、苦い記憶が蘇《よみがえ》る。

愛くるしかった深江小の元アイドルは、見た目はともかく気質はすっかり変わっていた。

「うわあ、ドSになってるんや。ますます会いたい。なあ、玉恵、さつきは今から来るんか」

よほど嬉しいのか、健太はすっかり興奮している。

「そのつもりだったんだけど、無理になったたって。もしかして、先生のせいやないんですか」

勘のいい玉恵の指摘を誤魔化《ごまか》すように、小野寺はビールのお代わりを頼んだ。

「さつきが先生の養女になりたがってるって噂あったの知ってます？　私たちは、絶対そうなるって思ってたんだけどな」

「こら、話作んな」

そんな噂があったなんて、初めて聞く。

「有名でしたよ。だって相原さんと先生は、本当の父娘《おやこ》みたいでしたから」

水口のクソ丁寧な口調で言われると、かえってこたえた。

「だって、さつきが言ったんですよ。先生の娘にしてもらえるかもって。私、趣味わるって思ったんですけどね」

言ってくれる。

——先生、覚えてらっしゃいますか。酔っぱらって、俺の娘になるかって私におっしゃったの。

遠間第一小学校の夏祭りの会場で、不意にさつきが口にした。情けない話だったが、まったく記憶になかった。

——やっぱり……。すっかりお忘れですね。私、めちゃくちゃ嬉しかった。被災して、おばあちゃんが亡くなったのに心配すらしない父じゃなくて、先生と一緒に暮らしたい、娘になりたいと思った。

そう話すさつきの声は辛そうだった。だが、俺はあの時、さつきの目すら直視できなかった。

「あれ、先生？　もしかして、噂はやっぱり」

「まったく記憶にございません」

　ここはとぼけるしかなかった。

　康司が「昔の話はええやろ」と言って、割って入ってきた。

「俺はリアルタイムのさつきが知りたいねん。先生、さつきはどうでした？　ハーバード大学の大学院まで出て、バリバリの経営コンサルやってるって聞いたのに、そのキャリアを投げ打ってボランティアって、俺にはちょっと理解でけへんのですけど」

　話題が変わったので飛びついた。

「せやな、ちょっと頑張りすぎではあったけど、あいつらしいんとちゃうかな」

「このままボランティア活動にどっぷり浸かるつもりなんですかねぇ」

　エリート君も心配げだ。

「どうやろな。玉恵は何か聞いてないんか」

「先のことは考えてへんみたいですよ。でも、もうアメリカには戻らないとは言うてました。アメリカの弁護士資格も取ってるみたいだから、なんとでもなるんでしょうけどね」

　そこから話題が流れて、今夜欠席している同窓生の近況になった。明朝の「1・17のつどい」に参加する者も多いため、午後一〇時過ぎに会はお開きになった。

「朝まで呑みませんか」と康司や健太に誘われたが、「今晩は、やめとくわ」と断って、一人自宅に戻った。

5

ロウソクだけを灯《とも》した自宅の和室で、小野寺はぼんやりと座っていた。柔らかな光が届く場所に、妻と娘の写真が置いてある。

自分だけが生き残ったという現実を嚙《か》みしめるため、時々こんなふうに二人と向き合っている。自責の念は、昔と比べれば随分収まってきた。

忘れたわけではない。あの時、自宅にいたら二人を救えたかもしれないという悔恨は一グラムも減っていない。

あの日、小野寺は地元のスポーツ少年団のスキー合宿に同行しており、長野県から帰る途中で被災した。名神《めいしん》高速道路西宮《にしのみや》インターにバスが差し掛かった頃に、いきなり道路が波打ったのかと思うほどの激しい衝撃に襲われた。

幸運にも、子どもたちには大したケガもなく全員無事だった。行けるところまで行きましょうと運転手は芦屋《あしや》市と神戸市との境まで走ってくれたが、そこから先は進めなかった。仕方なく最小限の荷物だけを持って徒歩で深江小を目指した。

途中、阪神高速道路が落橋《らっきょう》しているのを目撃して、とてつもない事態が起きていると実感した。妻や娘が心配だったが、泣き始めた子どもたちを、まずは無事に小学校まで送り届けることだけを考えた。

小学校には既に大勢の被災者が集まっていた。そこで解散した後、小野寺は自宅へと走った。学校から徒歩一〇分ほどの場所に、中古の一軒家を買ったばかりだった。

まともに建っている家がほとんどなかった。「誰か助けて！　ここに息子が生き埋めになっているんです」などと泣き叫ぶ声が聞こえてきた。

自宅の手前で民家が倒壊しており、道路にまで飛び出して道を塞《ふさ》いでいた。それを乗り越えた小野寺は呆然と立ち尽くした。あるはずの我が家がなくなっていた。

寒そうに毛布を羽織っている隣人に、妻と娘の安否をたずねた。

「ここの下にいはるねん。さっきから、助けを呼んでるねんけど誰も来《こ》うへんねん」

「敬子《けいこ》！　恵美《えみ》！」

何度も叫んだ。だが、返答はない。やることはひとつしかない。小山になった瓦礫を取り除くんだ。大勢の人が手伝ってくれた。シャベルで地面を掘った。しかし、結局二人を助けられなかった。

俺が一緒だったら……。いや、せめて俺も一緒に死にたかった。

そこで回想が途切れた。ロウソクの火のぬくもりが伝わってくる。小野寺は大きく息を吐き出した。

何を今さら感傷的になってんねん。俺は、全てを受け入れたんや。

言い訳をしない人生を全うする。あの時の辛さに耐え、生きる喜びを子どもたちに伝える。それが生き残った俺の使命や。

妻の敬子もかつては教師だった。一歳年下の敬子は、子どもと同じ目線になるのが抜群にうまかった。

教師としての敬子の評価は高く、学校内外で注目されていた。そんな彼女がなぜ、小野寺のようなはみ出し者の教師を伴侶《はんりょ》に選んだのか。結婚へのレールを敷いてくれたのも敬子の方で、俺はぐずぐずしてばかりだった。

――徹平ちゃんは嘘がないからね。それに、私が絶対真似《まね》ができないほど、子どものことばかり考えてる。

結婚式の前日、「ほんまに俺でええんか」とたずねたら、そう返されたっけ。

「なあ敬子、最近は教え子たちから教わることの方が増えてきたわ」

小野寺が声を発した拍子にロウソクの炎が揺れた。それが写真の敬子に表情を与えたように見えた。

「子どもって凄いな。どんどん成長するし、なんでも吸収する。あいつら、ほんま逞《たくま》しいわ。俺はあいつらに生かされているなあって痛感するねん。だから実は傷つきやすい存在やってのを、すぐに忘れてしまうねんな。情けない」

大きなため息のせいで、ロウソクの炎が大きく揺れて消えかけた。

「さつきのこと、どうしたらええと思う？　謝って済むことやないけど、ちゃんと謝りたい。今あの子にしてやれることはなんやと思う」

普段なら、こんなに考え込まない。子どもを見ていて何か気になったら、迷わず本人に質《ただ》す。それが小野寺のモットーだった。

そんなに心配だったら、電話してみたら——。そう敬子に言われた気がした。

畳の上に放り出していた携帯電話を手にして、さつきを呼び出した。

「もしもし」

まさか出ると思っていなかった。動揺のあまり、しばらく沈黙してしまった。

「先生？」

「ああ、夜分《やぶん》にすまんな、小野寺です」

「こんばんは」

やけに静かな場所にいるらしい。

「ちょっとだけええか」

「はい」

「今日は、みんな残念がってたで」

答えが返ってこない。小野寺は何か音が欲しくて強く携帯電話を耳に押しつけていた。

「さつき、聞こえてるか」

「気おくれしたんだと思います」

「なんやそれ。はっきり言えよ。俺がいたからとちゃうんか」

鼻から息が漏れる音がした。

「相変わらず自意識過剰ですね、先生。まあ、それもあったかもしれません」

声が明るい分、彼女の言葉は小野寺の胸の中で重く沈んでいった。

「先生、ご心配なく。それは小さな理由です。一番の理由は、久しぶりにこのまちに戻ってきて、胸がいっぱいになったんです。なんだか、今夜は独りで過ごしたいなって思って」

ようわかる。そういう夜もある。

「今、どこや」

「内緒」

「なんでやねん」

「言ったら、先生、襲いに来るでしょ」

「おまえは、そういう対象やない」

「なあんだ、残念。神戸のまちの灯りが見えるところです。神戸の夜景、久しぶりに見ました。ほんとに星屑みたい。呆れるくらいきれいですね。一七年前にあんな大災害があった場所とは思えない」

「おまえ、酔ってるのか」

だが、夏祭りの時に「だから、私は酔っぱらいが嫌い」だときっぱりと言っていた。

「どうかな。ワイン一本空《あ》けましたけど、頭はすっきりと冴えてます」

いくら呑んでも酔わない、眠れない。そんな夜が続いたのを思い出した。そう遠い昔の話じゃない。そうだ、東北に行くまで、月のうちに何度もあった。

「一人で呑むな、勿体《もったい》ない。俺がつきあったる。どうせ朝まで呑み続けるんやろ」

軽やかな笑い声が返ってきた。

「先生と二人っきりでお酒呑みながら夜を明かすなんてステキ。でも、やめときます」

「遠慮すんなよ。俺はおまえとじっくり呑み明かしたいんや」

「私、また先生に酷《ひど》いこと言うと思います」

「酷いことってなんや」

「さあ、何でしょう」

不意に沈黙が漂った。電話の向こうから、どうしようもないほどのさつきの孤独が伝わってきた。胸が苦しくなる。俺のせいだなんて言う資格もないが、この頑張りすぎている教え子を、なんとかしたい。強くそう思った。

「ほな、神戸じゅうのホテルに電話して、探し出したる」

「先生なら、やりそうだな。じゃあ、ばらすけど、もうすぐカレシが来るんですよ。だから遠慮してください」

ウソだと思った。さっき独りで過ごしたいと言ったばかりだ。だが、今の答えは小野寺に会いたくないという拒絶だ。

「それやったら諦《あきら》めたるわ。でもな、さつき、いっぺんでええから、マジでじっくり呑もうや。神戸でも、遠間でもええから」

「うれしい」

初めて感情の籠《こ》もった声を聞いた気がした。

「一つだけ訊いてええか」

「どうぞ」

「おまえ、震災の時、忘れないでって思ったことあるか」

大きなため息が返ってきた。

「ありますよ。一度だけ」

「ほんまか」

「私がアメリカに行く日ですよ。あの時、先生や友達に私を忘れないでって心の中で何度も叫んでいました」

その叫びは、今も続いている――。

6

午前三時、小野寺は自宅を出た。ダークスーツの上にダウンコートを羽織っても寒さが体にしみ込んでくる。白い息を吐きながら、神戸市中央《ちゆうおう》区の東遊園地を目指した。

震災から一七年、「1・17のつどい」に参列するのは初めてだった。いつもはかつて自宅があった場所に独り佇《たたず》み、運命の時刻を待つ。そして、その時刻に妻と娘に手を合わせている。

仰々しい追悼式なんて性に合わなかった。自分にとってその時刻は、家族三人だけの大切な時間だった。

それが、今年は事情が違った。

遠間第一小学校の子どもたちから、預かり物があった。

——みんなで折りました。供えてもらえますか。

学級委員長の千葉《ちば》がそう言って、千羽鶴を手渡してくれた。

いや、すまん。俺は「1・17のつどい」とか、そういうもんにはいっぺんも参加したことないねん、とは言えなかった。

そのうえ、子どもたちは皆早起きして、学校に集まるという。遠く離れてるけど先生と一緒に五時四六分に黙禱するんだと言った。

ちゃんと約束を果たさなければならない。そこで一念発起して、東遊園地を目指したのだ。

例のポスターも背中のリュックに挿《さ》さっている。会場に飾ってもらうべきか、今なお悩んでいたが。

東灘《ひがしなだ》区深江の自宅から東遊園地までは、一〇キロ余り。そこまで約二時間かけて歩くつもりだ。始発電車が動き始めてからでは間に合わない。原付バイクかタクシーを利用しようかとも考えたが、結局歩くことにした。

阪神電車の踏切を渡って南へ進むと、すぐに阪神高速道路が見える。あの日、激しい揺れに耐えられず、高速道路が橋脚ごと横転した地点だ。今は、当時の痕跡は皆無だ。

高速の下を走る国道四三号線沿いを西へ向かって歩く。一七年という歳月は、まちの新旧の区別を曖昧にしていた。

小野寺は黙々と歩いた。頭の中では、敬子や恵美が笑う声が時折聞こえたり、あの日の大混乱が突然フラッシュバックした。そして、遠間の風景がそこに混ざった。

不思議なもんやな。あのまちもすっかり故郷みたいになってる。

現在担任している六年二組の子どもらの顔も浮かんだ。

あいつらが、「五三会」の連中と同い年になったら、俺はジジイやないか。いや、その前に、定年か……。

本当は、去年の三月で教師を辞めようと思っていた。なんでも平等ばかりを押し付け、ゆとりだの融和《ゆうわ》だのを求める学校のあり方に我慢の限界を超えたからだ。

子どもの良さを伸ばすと同時に、ダメなものはダメだと教えるのが小学校だというのが持論だった。だが、その考え方は古く、また危険だというレッテルを貼られてしまった。

おまえらがいらんというなら辞めてやると啖呵《たんか》を切った直後、かつての深江小学校の校長だった大先輩から、東北派遣の話を聞いたのだ。

――あそこは君を必要としていると思うんや。そして、君にも東北が必要な気がする。

退職して悠々自適に過ごしていたと思っていた元校長は、いち早く被災地に飛んで行き、地元の先生たちを支援する団体を立ち上げていた。

勢いだけで、東北行きを決めた。そして、大先輩の予言どおり、小野寺は教師としての魂を被災地で取り戻した。

果たして東北が俺を必要としてくれているのかはわからんけど、俺は生き返った。そんな矢先にさつきと再会し、再び教師として、いや人としての己《おのれ》の無神経さを突きつけられたのだ。

たまらんなあ。けど、俺は逃げるわけにはいかん。これは試練やな、徹平。

夜明け前の冷え込みは厳しかったが、歩いているうちに汗ばんできた。いつの間にか歩くことだけに集中していた。

東遊園地は神戸市役所1号館の南側に開けた公園だ。三宮《さんのみや》のまちの灯りが見えた頃から、明らかに参列者とおぼしき人の数が増えてきた。

こんなたくさんの人が参列するんか。

もう一七年も経つというのに……。みんな、こんな早朝にやってくる。

公園中央にあるグランドには無数の竹灯籠が並べられ、1・17を象《かたど》っていた。一本一本に火が灯され、夜明け前の暗闇をオレンジ色に染めていた。

間もなく運命の時刻を迎えるというアナウンスが聞こえた。それと同時に、NTTの時報サービスの時を刻む声が響き渡った。

〝只今から、午前五時四五分四〇秒をお知らせします〟

竹灯籠を取り囲む人垣の間からロウソクのゆらぎを見つめながら、小野寺は毛糸の帽子を脱ぎ手袋をはずした。

正確に時を刻む時報が、午前五時四六分を告げた。

誰もが両手を合わせ目を閉じた。

〝今年はいつもと違う場所からでごめんな。けど、一月一七日のこの時刻だけおまえらを思っているわけやないねんで、いつでもどこでもずっと想っている〟

長いようで短い一分間が過ぎた。

記帳を済ませ、献花の場所に、預かってきた千羽鶴を供えた。

〝みんな、ちゃんと届けたで〟

千羽鶴の前で合掌しながら、子どもらは遠間から、こちらに向かって祈っているのだろう、と思った。この一羽一羽に遠間第一小学校の子どもたちの思いが籠もっている。

「やあ、小野寺君じゃないか」

元深江小学校校長だった大先輩にばったり会った。

「森永《もりなが》先生、御無沙汰しております」

「わざわざ帰って来たんか」

「ええ、向こうの子どもたちからお供え物を託されたので、初めてこの集いに参加しました」

「相変わらず頑張ってるねえ」

七〇歳を過ぎているはずだが、森永は矍鑠《かくしやく》としている。

「とんでもありません。毎日、失敗の連続です」

「見たで、テレビ。『わがんね新聞』、ええやんか。あれこそ小野寺徹平ここにありってなもんや。私は、なんべんも録画を見てるよ」

「やめてください。恥ずかしい」

本音だったが、森永は嬉しそうに小野寺の背中を叩いた。

「無理にでも行かせて良かったと思ってるよ」

「私の方こそ、なんてお礼を申し上げればいいか。それにしても、凄い人出ですね」

「今年は東北からも、大勢来ているみたいだね。こういう催しは大切にしたいね」

竹灯籠に手を合わせている参列者に、森永は目を細めている。

「若い人も多いですね」

「それが何より嬉しいよ。自分の意思でこうして集まってくるというのは素晴らしいことだ」

二人並んでしばらく竹灯籠を眺めた後、小野寺は不意に森永に例のポスターの件を相談してみようかと思った。その時、「署名をお願いします！」という声が聞こえてきた。

「東北を忘れないで、というキャンペーンをしているらしいね。なんだか身につまされるねえ」

小野寺の手を借りるまでもなく、例のポスターも立て看板に貼られていた。署名を受け付けるテーブルの前には、大勢の人が列を成している。

「署名したら、何か変わるんでしょうか」

「変わらへんやろなあ。そもそも忘れないでというのは、無茶なお願いだよ」

思わず小野寺はまじまじと森永を見てしまった。先程までの笑顔が消えていた。

「人は皆、忘れていくもんだ。だから生きていけるとも言える。特に辛い経験は忘れた方が良い。失ったものをいつまでもくよくよ悩むべきではない。形あるものは必ず滅びる。生き物はね、生まれた時から死を運命づけられているんだよ。それが、早いか遅いか、突然やってくるか緩やかに訪れるかだけの違いだ」

至極当たり前の話だ。だが、長年子どもたちの成長に尽力しただけではなく、阪神・淡路大震災後は復興に奔走した人物の言葉だけに重い。

「おかしなもんで、忘れないでというと、忘れてしまいたくなるのが人情やねんな。人は本当に大切なことは決して忘れない。けどな、過去に縛《しば》られたらあかん。大切なのは今日であり、未来やろ」

だが、悲劇の渦中にいる人にそう告げるのは酷である。

「じゃあ、ああいうのは反対ですか」

「そうは思わんよ。あれで救われる人もいてはるんや。一生懸命自分たちを覚えていて欲しいって訴えることで、がんばれるからね。だから、私は彼女たちを応援したい。けど、それでも人は忘れていくもんや」

まるで禅問答だ。

「なあ、小野寺君、震災から一七年も経つのに、なんでこんなに人が集まると思う?」

「きっとここで、何かを確かめたいんでしょうね」

「何かって」

「震災があったということをでしょうか」

森永はにんまりと笑った。

「ちゃうな。明日も生きる勇気をもらいに来てるんや。一生懸命がんばるから、天国から応援してなってて」

そうかもしれない。俺の家族は今もいつも一緒にいるし、だから俺はがんばれる——。

目の前にあるロウソクの炎がひときわ明るく輝き、大きく揺れた。

てんでんこ

1

家の外に一歩出た途端、小野寺《おのでら》は両頬《りょうほほ》を思いっきり氷の拳《こぶし》で殴られた気分になった。塞《ふさ》ぎがちな己《おのれ》を叱咤《しった》するためランニングしようと思いついたものの、いきなり気持ちが萎《な》えそうになった。

全身を完全防寒している。ヒートテックのアンダーウエアにランニングスーツ、さらにスキーウエアの上下を着込んだ。毛糸の帽子で耳の下まですっぽりと覆《おお》って、外気に触れているのは顔の一部だけというのに……。寒さが体に張りついて芯まで凍える。だが、ここで負けるわけにはいかない。俺は弱りきった性根を叩《たた》き直すために、走ると決めたんや。

分厚いゴアテックスのグローブで強張《こわば》った頬を叩くと、入念にストレッチを始めた。夜のうちに降った雪は除雪されて、道の両側に山を作っている。今朝は晴れているし、路面も凍っていないのに、いくら屈伸運動しても体は冷える一方だ。

負けてたまるか。

寒さの刺激を受けて気合いが入った。

思いきって走り始めると、吐き出す白い息に煽《あお》られるように、徐々にスピードを上げた。途中で、何人かのランナーとすれ違った。皆、ウインドアップ程度の軽装なのが癪《しゃく》に障《さわ》って、小野寺は毛糸の帽子を脱いだ。

ほどよく体が温《あたた》まってきたら、マイナスの気温が心地よくなってきた。

「あっ、小野寺先生、おはようございます」

すれ違う人に声を掛けられた。

「おお、おはようさん」

さほど親しくもない人から挨拶《あいさつ》されるということは、俺もそれなりに地元に馴染んできたっちゅうことやな。

都合の良いように考えると、気分がさらに良くなった。見渡すかぎり一面の雪景色で、青い空とのコントラストは絵のように美しい。

日本の原風景っていうんやろうな、こういうのが。

このまちが津波に襲われた被災地だとは思えなかった。雪が全《すべ》てを覆い尽くしているからだ。

自然現象というのは凄《すご》いものだといつも感心する。

なおも残る瓦礫《がれき》や荒れ果てた大地を、雪だけで覆い隠してしまう。夜だってそうだ。暗闇は何もかも包み込んでしまう。そして、ぽつぽつと灯《とも》り始める明かりがぬくもりを感じさせて、気持ちが和《なご》む。

しかし、そんな自然現象でも覆い隠せないものがある。人の心が抱える悲しみや後悔、そして楽しかった日々……。それは不意にフラッシュバックしてくる。忘れようとしても拭《ぬぐ》えない。前に進もうと一生懸命生きていても突然襲ってくる。

だったらその感情や思い出を否定せず、折り合っていくのが人生なんだ。阪神《はんしん》・淡路《あわじ》大震災から一七年を経《へ》た中で、小野寺がなんとなく手にした悟りだった。

それが、この数ヵ月でもろくも崩れ落ちようとしていた。

――先生、覚えてらっしゃいますか。酔っぱらって、俺の娘になるかって私におっしゃったの。

きっかけは、かつての教え子、相原《あいはら》さつきが漏らした言葉だ。

自分が寝ていた二階の部屋が崩れ落ちて階下に寝ていた祖母を押し潰したうえに、離れて暮らす父親に顧《かえり》みられず、ひとりぼっちで精一杯明るく振る舞っていた少女の気持ちを、小野寺はまったく汲み取っていなかった。

俺は子どもの気持ちに寄り添える教師やと、自負してた。けど、深く関わったはずの教え子の心すら理解できない無神経な男やった――。

その日以来、自己否定が止まらなくなっている。挙げ句に遠間《とおま》の児童たちが持ち込んでくる日々の相談ごとにさえ、応《こた》えるのが怖くなっていた。

どないしたんや、徹平《てっぺい》。おまえらしくもない。確かに、さつきには酷《ひど》いことをした。けど、教師としてやるべきことはやってるはずやろ。何も恥じることはないんや、自信持て。

走るペースをさらに上げながら、マイナス思考に向かう己を叱った。

人に関われば、無意識とはいえ傷つける場合もある。それはお互い様や。それでも、人間は他者との関わりなしで生きていくのは難しい。そう納得して、教師をやってんのとちゃうんか。

だが、何度も湧き上がってくる言葉が、振り切れない。

教師失格――。いや、そもそも俺はええ加減な教師や。立派とはほど遠いねん。何を今更ぐちゃぐちゃ悩んどるんや。

ならいっそのこと、辞めてしまうか。

うっすらとあるものの、漠然とした思考が言葉として形を成した時、足が止まった。

「おまえ、本気か」

そもそも東北に来たのだって上司と喧嘩《けんか》して教師を辞めようと思ったのが発端だ。つまり原点に戻るだけのことや——、でも……。

　このさい思いきって青年海外協力隊にでも応募してみるか。青年っちゅう年でもないけどな。いや、マジでええかも。

　案外名案に思えた。同時に自身の卑怯《ひきょう》なお気楽さに嫌気が差して、しゃがみ込んでしまった。

「幸福丸《こうふくまる》、撤去反対！」

　突然、ハンドマイク越しの声が耳に響いて、小野寺は顔を上げた。

　大勢の人が集まって誰かを取り囲んでいる。そして、それを何組ものテレビクルーが撮影していた。

「奇跡の船を解体するな」

「市長はウソつきだ！」

　奇跡の船と聞いて、小野寺は何が起きているのかを察《さっ》した。人だかりがしている背後に全長三〇メートルほどの漁船がそびえている。津波に流されて、海から二キロ以上離れた場所に打ち上げられてしまったのだ。

　この漁船——幸福丸が奇跡の船と呼ばれるゆえんは、津波に押し流されながらも、乗員たちが波に飲まれようとしている人々を救出したからだ。多くのマスコミに取り上げられ、市では早くから震災の遺構として残す話が進んでいた。それが一転、年明け早々に市長が独断で「撤去解体」を宣言したために、全国から反対派が集まってきて、ひと騒動が持ち上がっていた。

小野寺は顔見知りを見つけて、話しかけた。

「朝からえらい物騒やねえ」

「ああ先生、おはよう。都会から来た連中はやることが派手だね。後世に奇跡の船を残すべきだと譲らないらしい。けど、まあ地元感情からすると複雑だわな」

田んぼの真ん中に船があるという非日常を毎日目にする住民の間では、津波の恐怖が蘇《よみがえ》ってくるから撤去して欲しいという声が根強い。また、軽自動車が船の下敷きになっていて、その光景があまりにもグロテスクだという意見もある。軽自動車に乗っていた人は命からがら助かっているが、無残に押し潰された状態を見るのは忍びないらしい。また、幸福丸に助けを求めたのに見捨てられた人がいたという噂もある。

侃々諤々《かんかんがくがく》の意見の衝突が起きる中、早い時期から「遠間市が津波に襲われ、皆が助け合ったシンボルとして幸福丸を残したい」と、市長は保存を訴えていた。同意した船主もそれに向けて動いていたのだが、地元有力者から強い反対意見が出たのと、船を保存するために必要な費用の捻出が叶《かな》わず、解体撤去となったようだ。

「あの、これ読んでもらえませんか」

小柄な老女が、チラシを差し出してきた。あかぎれが目立つ指が握りしめている紙には、「幸福丸まで、奪わないで」とある。老女が一人で配っているらしい。

力強い文字で綴《つづ》られていたのは、幸福丸を残して欲しい理由だった。

〝私は、幸福丸船長、深谷《みたに》吾作《ごさく》の母です。息子は、津波で流されている人を救おうとして船から落ち、命を落としました。しかし、息子のがんばりで四人の方が救われたことが、私の誇りです。

幸福丸は、命の尊さ、助け合いの素晴らしさを多くの人に訴えました。天涯孤独となってしまった私ですが、幸福丸を見るたびに息子を思い出します。その僅《わず》かばかりのよりどころを奪わないでください。

市長は以前、「幸福丸を復興のシンボルにする」とおっしゃっていました。なのに遺族に何の相談もなく、船の取り壊しが進んでいます。

なんとか、皆さんの力で、幸福丸を残していただけないでしょうか〟

文字を追うだけで、胸が痛んだ。一人ひとりに頭を下げながらビラを手渡している老女に、小野寺は声を掛けた。

「深谷船長のお母さん、このビラ、市長に読んでもらいましたか」

「何度も訴えましたが相手にしてもらえません。もう決まったことだからと言って」

小野寺は老女の手を握ると、人だかりをかき分けて市民団体から詰め寄られている市長に近づいた。

「ですから、これは私だけではなく、国や県とも諮《はか》った結果なんです。個人的には大変残念ではあるのですが、解体が決定されました。これは、何より地元の方の総意なんです。ご理解ください」

解体反対派に向かって市長が説明しているところを、割って入った。

「ちょっと待ってくださいよ、市長。こちらは、幸福丸の船長のお母さんです。ここに来たら、亡くなられた息子さんに会える気がするとおっしゃってますよ。この船を撤去するというのが地元の方の総意っていうの、ちょっとおかしいんと違いますか」

「なんだね、君は」

市長がこちらを睨《にら》むと同時に、その関係者らしき連中が壁のように立ちはだかった。

「私は、遠間第一小学校の教員です。船長のお母さんの話を聞いてあげてくださいよ」

取り巻きの男たちに押し出されるようにして、小野寺は市長から引きはがされた。市長はそこで話を切り上げようとした。

「市長、遺族の気持ちを無視して、勝手に撤去しないで」

老女の叫び声が、市長の足を一瞬だけ止めた。それでも結局、市長は何も答えず、車に乗り込んだ。同時に市民団体のメンバーやマスコミが車を取り囲んだが、クラクションに蹴散らされてしまった。

そこでようやくマスコミは老女の存在に思い至ったようで、一斉に彼女を取り囲みマイクを向けた。

居たたまれなくなって、小野寺は人だかりから離れた。

なんで、市長はあんな態度を取るんだろうか。そもそも地元の総意って何や。

そして俺はまた出しゃばった——。

全てが煩《わずら》わしかった。

小野寺は再び寒空の下を駆け出した。

2

「では、卒業制作はタイムカプセルでいいですか」

卒業制作委員会の委員長を務める六年一組の田窪洋一《たくぼよういち》が、出席者全員を見渡しながら確認した。

それまで教室の後方で児童たちのやりとりを見守っていた小野寺は、そろそろ出番だと思って口を開いた。

「なんか平凡やなあ。小学校を卒業するのは、一生に一度しかないんやぞ。もっと全力投球の名案とかないんか」

小野寺は赴任直後から、生真面目《きまじめ》に我慢を続ける児童に対して、「もう、我慢するのは、やめたらどうや」と訴え続けてきた。〝まいど先生〟とあだ名され、時に騒動を起こしもしたが、少なくとも子どもたちの表情は豊かになったように思う。

そして、応援期間も残すところあと二ヵ月余り、六年生は卒業式の準備に取りかかる季節になっていた。

「震災から一年目の卒業式だからといって、とりたてて特別なことは避けるべきだ」という教師もいたが、小野寺は異を唱《とな》えていた。

——どんな卒業式、卒業制作にするかは、子どもらが決めたらええやないですか。教師がごちゃごちゃ縛《しば》るの、やめましょうよ。

校長が「それが一番ですな」と断を下して、子どもたちに下駄《げた》を預けることになった。

そして、小野寺は卒業制作委員会の顧問となってしまった。相変わらず、自己否定的な自問自答は続いているが、せめてこの卒業式には子どもたちが悔《く》いを残さないよう、できるだけのことをしてやりたいと意気込んでいた。

優等生の田窪は、小野寺に混ぜ返されて困っていた。

「この一年、僕たちは被災していろんな経験をしました。それについて思い出や感想を書いて、タイムカプセルに入れるのって意味あると思いますよ」

「無意味やとは言ってへんやろ。けどタイムカプセルなんて全国どこでもやってるやないか。平凡やねん。もっと、おまえらの学年にしかでけへんちゅうもん考えたらどうや。そもそも感動がないわ」

「感動って、たとえばどんな制作物ですか」

「それを考えるために、おまえらが集まっとるんやろ。奈緒美《なおみ》、なんかないんか」

小野寺が担任をしている二組の松井《まつい》奈緒美は、頬杖をついたまま首を傾《かし》げた。

「いろいろ考えました。たとえば私たちで九七期生の歌をつくって誰かに作曲してもらうとか、漫画家さんにお願いして第一小の絵を描いてもらって、それを壁画にするとか」

「なんや、全部有名人頼みやないか」

「そう言われると思ったからやめたんです。でも先生、九七期生にしかできない卒業制作をやるとなると、地震とか津波は避けられないでしょ。それは、ちょっとねえ」

奈緒美の意見は、委員会の総意のようだ。大半がいかにもと頷《うなず》いている。ただ一人頷かなかった児童を、小野寺は指した。

「千葉《ちば》は、なんか言いたいことありそうやな」

奈緒美と同じく二組の千葉哲《さとし》は、指名されると困ったようにこちらを見ながらぼそぼそと喋り出した。

「福島《ふくしま》が言ってたんですが、地震の教訓みたいなものを壁画にしたいねって。僕も良い提案だと思うんです。でも、具体的にはどんな絵なのかが、あいつもイメージできてないみたいで」

福島は震災後に第一小に転校してきた児童で、父親が東京電力福島第一原子力発電所に勤務している。常にマイナスをプラスに転じて前進しようとする福島らしい案だと思った。

「ええやないか、それ」

「いかにも福島君が言いそうだけどさ、具体的にどんな絵を描くのかがわからないんじゃ、決めようがないよね」

いつになく後ろ向きな発言が多い奈緒美が、わかったふうに言った。

「それを話し合うのがこの場やろ。みんなは震災のことを残すのは反対か」

穏便《おんびん》な卒業式を主張する教務主任の伊藤《いとう》がいたら、どやしつけられそうな問いだった。だが大人に遠慮して口をつぐんでしまう子どもたちに、タブーを恐れなくていいと教えるのが自分の役割だと小野寺は信じている。

出席者は互いに顔を見合わせている。答えたのは委員長の田窪だった。

「震災を経験した記憶を残したいという思いはあります。でも、友達の中には、家族を亡くした人もいます。そんな人たちの気持ちも考えるべきだと思います」

幸福丸の船長の母親の姿が脳裏に浮かんだ。結局、彼女の訴えは聞き届けられず、来月から幸福丸の解体作業が始まるらしい。

小野寺は、津波で母親を亡くしたと聞いている三組の代表にたずねた。

「田中《たなか》はどうや。津波を思い出すのは、イヤか」

内気でおとなしい児童なのだが、絵を描かせたら校内一ということで卒業制作委員に選ばれた田中珠里《じゅり》は、恥ずかしそうに周囲を見渡した。

「辛《つら》いです。でも、忘れたくないとも思っています」

か細い声だったが、口調はしっかりしていた。

「まあ、最後はおまえらが決めたらええと思うけど、とりあえず、もうちょっと考えようや」

卒業制作のテーマ提出の締切日までには、まだ余裕があった。

「じゃあ、各クラスで考えを出し合って、来週の月曜日にまた話し合いましょう」

ほお、こいつも成長したな。自分の意見を覆《くつがえ》す相手ならたとえ教師でも歯向かってきた田窪があっさりとアドバイスに従ったのを見て、小野寺は少し見直した。

その時、いきなり教室の扉が開き、児童が飛び込んできた。

「みんな！　金次郎《きんじろう》くんが見つかったぞ！」

3

「金次郎くん」なる者がなんなのかを知らなかったのは、小野寺だけのようだった。他の児童は歓声と共に一斉に教室を飛び出したので、小野寺も慌《あわ》てて続いた。

「金次郎くん」がいるとおぼしき場所に、人だかりができていた。

「ごめんな。全部じゃないんだ」

聞き覚えのある声に引かれて、小野寺は人の輪に加わった。地元の被災者支援団体「地元の御用聞き」の代表を務める中井俊《なかいしゅん》がいた。

彼の足下には、一部が欠けた石像が横たわっている。

「なあんや。金次郎くんちゅうのは、二宮《にのみや》金次郎さんの石像かいな」

「なあんやとは、何よ。先生、あんちゃんが必死で捜してくれたんだよ、失礼よ」

すかさず奈緒美が非難した。

「なんで、金次郎がそんなに好きやねん。神戸《こうべ》の学校には、ないところも多いで」

「マジで。あたしたちの金次郎くんはね、いつも校門で見守ってくれていたの。朝、学校に来たら金ちゃんに触れて挨拶する。それが第一小のルールなんだよ」

奈緒美にしては、子どもじみていると思った。だが、彼女の説明に皆が頷いているのを見ていると、本当に愛されているのだろう。

千葉の話だと、金次郎は校門のすぐそばに立っていた。第一小は校門からゆるい坂があり広い校庭へ続く。津波は校庭まで上がってきたのだが、幸いにして校舎は三〇センチほど浸水した程度だった。ところが、金次郎像は波にさらわれて行方がわからなくなってしまっていたのだという。

「俺のような出来の悪い奴には縁のないお方だけどさ、結構、みんなに愛されてたんだよ。それが津波で消えちゃったって聞いたんで、あっちこっち捜したんだけど、なかなか見つかんなくてな」

「それがさあ奈緒美、遠間川の河口近くなんだ。引き波に持ってかれたんだろうな」

小学校からだと三キロは離れている。

「まじでー。そんなところまで流されてたんだ」

「でも、この状態を見ると、相当あっちこっちに流されて大変だったみたいだな」

横たわっている金次郎くんは一メートルほどの大きさで小野寺もよく知っている形だが、左手と右足の部分が欠けていた。また、背負っていたはずの薪《まき》もない。

「ウチの学校のもんやと、なんでわかったんや」

「それはね先生、金次郎くんの足に学校名と設置年の刻印があるんだよ」

そう言われて見てみると、確かに左足に、「遠間市立遠間第一小学校　昭和三九年建立」とある。

「どこにいたの？」

「川に沈んでいたのに、きれいねえ」

奈緒美が意外そうに言った。

「見つけた時はヘドロ塗《まみ》れだったんだぜ。それを、ボランティアのお兄ちゃんたちが丁寧に洗ってくれたんだ」

子どもたちが一斉に歓びの声を上げた。そして嬉しそうに金次郎くんを触っている。その合間に、あんちゃんが意味ありげな視線をぶつけてきた。言いたいことの察しはつくが、小野寺としては触れて欲しくなかった。

——中途半端な気遣いが、人を傷つけるのをおわかりですか。

さつきの言葉が蘇ってきた。

彼女が代表を務めるボランティア団体は、「所期の役目を終えた」として撤退した。最後にもう一度話さないかと連絡したのだが、無視された。「1・17のつどい」の前日にも電話で話してはいるものの、とうてい心が通じ合えたとは言い難い。

「ほお、戻ってきましたか。いや、金次郎くんはやっぱり凄いですなあ」

騒ぎを聞きつけて浜登《はまと》が顔を出した。

「校長先生、元の場所に返してあげたいんですが」

田窪が訴えると、あちこちから賛意の声が上がる。

「そうですねえ。でも、このままじゃあ可哀想だ。どうです、皆さんで足と手を足してあげては」

それを聞いてアイデアが浮かんだ。

「なあ、これを卒業制作にしたらどうや？　おまえらにとって大事なもんなんやろ。ほんなら自分らの手で元に戻したったらええねん」

「先生、それ、いいかも」

子どもたちが意見を交わし始めたのを見計《みはか》らって、小野寺は人の輪から離れた。

「せんせ、あんたにもお届けもんがあるんだ」

後ろからあんちゃんに声を掛けられたが、小野寺は聞こえないふりをしてしばらく足を止めなかった。

「小野寺ちゃん」

今度は肩に手をかけられた。

「なんや」

「お届け物だって言ってるだろ」

振り向く前に、脇腹に封書を突きつけられた。

「美女からのラブレターだよ。自分で直接渡せよって言ったんだけどね。どうしても、って頼まれちゃってさ」

差出人は、相原さつきだった。薄い封書だった。

「アフリカに行くんだってよ。変わってんな、あいつ」

変わってる。そう言い切ってしまえば楽だが、小野寺にはそんな割り切りはできなかった。

「さすがの〝まいど小野寺〟も、あの女だけには調子外されるみたいだね。もしかして、惚《ほ》れたんじゃねえの」

　からかうように肩を叩いたあんちゃんは、いつものようにがに股《また》で原付に乗って去っていった。

　手にしているうちに、封書はどんどん重くなっていく。とっとと封を切って目を通して、忘れてしまえばいい。

　だが、そんな気力が湧き上がらないまま突っ立っていたら、また呼びかけられた。振り返ったら千葉と奈緒美が立っていた。

「金次郎くんをどんなふうに修復するか、『わがんね新聞』でアイデアを募集したいんですけど、いいですか」

「好きにやれ。あの新聞は、おまえらのもんや」

4

「わがんね新聞」は、応援教師として第一小学校に赴任した直後に、小野寺が「がんばるな。我慢するな。腹立つことをぶちまけろ」と呼びかけて発行した壁新聞だ。教室ではなく、学校の玄関ホールに貼り出している。

紙面では毎号、校内の出来事だけにとどまらず市や県に対しても、子どもたちの視線で様々な訴えを続けてきた。多くのメディアに取り上げられ、卒業を機に、一冊の本にまとめたいというオファーまであるという。

発災から一年近くが経過しようとしているのに、被災地の復興は遅々として進まない。にもかかわらず日々の暮らしの中で、被災地に対する関心は明らかに薄れている。そういう風化を止めるのに役立つなら、本でも何でもつくってくれと小野寺は思っているが、教育委員会などからは異論も出ているようだ。

翌週に発行された「わがんね新聞」では、〝金次郎くん発見！　卒業制作で、どこにもないニュー金次郎つくるぞ！　プロジェクト〟という見出しで、全校児童を対象にアイデア募集を始めた。その日の放課後には、早くもたくさんのアイデアが集まってきたと、奈緒美が興奮しながら職員室に報告に来た。小野寺は、「おまえらも、誰にも負けんようなアイデアを出せよ」とハッパをかけた。

間もなく校長室に呼ばれた。伊藤教務主任と教頭が顔を揃えているのを見て、あまり良い話ではないと予想した。

「すんません、私、また何か問題起こしましたか」

先回りしてたずねると、浜登が目尻を下げて笑った。

「まあ、そう急ぎなさんな。まずは、一服」

校長室を訪れる者に、浜登は必ず茶を点《た》ててふるまう。小野寺は素直に椅子《いす》に座ると、ありがたくお薄《うす》とかりんとうを味わった。

「結構なお点前《てまえ》でした」

いつもの儀式が終わると、伊藤が説明を始めた。

「先程、市教委から電話があったの」

やっぱり厄介ごとか。もしかすると、幸福丸で市長に噛《か》みついた話か……。

「例の金次郎くんの一件よ」

それは、まったく想定外の話題だった。

「教育委員会は、金次郎を校庭に再設置するのを中止しろと言っている」

「なんでですか」

「彼らの言い分をそのまま伝えると、本を読みながら歩くのは危険なので、それを奨励するような像は好ましくない」

はあ？　なんや、それ。

「児童が勤労をするのを肯定しているという誤解を生む可能性がある」

アホちゃうんか、とぶち切れたいが、それでは何も変わらない。もう少し穏便に言おうと決めた。

「震災に遭うまでは校門の横にあったもんでしょ。それを元に戻すだけやないですか。なんでそんな屁《へ》理屈こねるんです？」

伊藤も同感だと言いたげに頷いている。普段から役人臭を撒《ま》き散らしている教頭が、すかさず割り込んできた。

「最近、全国的に二宮金次郎像を撤去する動きが出ているんだそうですよ。なのにどうして、おまえのところは時流に逆らって修復するのかと。まあ、こういう理屈です」

何を他人事《ひとごと》みたいに言っとんじゃ、あんたは。

「教頭先生は、どう思われるんですか。教育委員会様のおっしゃる通りだと」

「私の見解なんぞ、どうでもいいんです。上がそう言うんですから、やめなければなりません。大体、ウチは君のせいで、このところずっと市教委から睨《にら》まれているんです。これ以上問題を増やしたくないでしょ」

あほくさ。

相手にするのもバカバカしくて、黙って茶道具の手入れをしている浜登の方を向いた。

「校長先生も同じお考えですか」

一私は、子どもたちの意思を尊重したいと思います。津波に掠《さら》われたと思っていた金次郎くんが戻ってきて、みんなあんなに喜んでるんです。欠けた部分を修復して、元の場所に戻すべきでしょうね」

だったら、ここで大人ばかりが額を突き合わせて話し合う必要はない。

「ほな、それでええやないですか」

「そう簡単にはいかないのよ。金次郎像撤廃活動をしている団体が修復の噂を聞きつけて、教育委員会に抗議してきたそうでね。市教委とすると、ことを構えたくないわけよ」

伊藤がうんざりしたように言った。

「言いたい奴には、言わせておきましょうよ。私らのスタンスはずっとそれで来ましたやんか」

「小野寺先生、無責任なことは言わないでもらえますか。あなたは、もうすぐいなくなる方です。でも、私たちにはここしかない。これ以上、教育委員会に睨まれたら困るんです」

「教頭先生、およしなさい。小野寺先生の今後については、何も決まっていませんよ」

浜登は庇《かば》ってくれたが、教頭の言う通りだった。もうすぐ派遣期間が満了する。今のところ神戸市教委からはなんの連絡もないが、全員神戸に戻すという噂だ。第一、俺は教師を続ける気が失せつつあるし……。

「私は、金次郎くんと子どもたちの関係をよくは知りません。けど、像が見つかったと知った時のはしゃぎぶりを見る限り、〝彼〟はこの学校の児童に愛されている存在なんでしょう。それに子どもたちは、卒業制作として復元にひと工夫加えたいと考えているようです。あれは、もはやただの二宮金次郎像じゃないと突っぱねてくださいよ。それ以上言うんなら、イヤな言い方ですけど、被災地の子どもたちの気持ちを踏みにじるだけの覚悟があるんかとでも、脅《おど》してくださいよ」

「まあまあ、小野寺先生も、そのへんでやめておきましょう。子どもたちが元の場所に戻したいと言っているんです。私はそれでいいと思います。教育委員会には私がちゃんと話しますから」

校長の一言でようやく教頭は矛《ほこ》を収めた。そこで解散となったのだが、小野寺だけが残された。

もう一服と言ってお茶を点てた後、校長は話を切り出した。

「市長と一悶着《ひともんちゃく》起こしたという話が、届いているんですが」

覚悟はできていたので、小野寺は神妙に頷いた。

「教育長からお叱りの電話がありました」

「もう一〇日近くも前の話ですよ」

事情を説明するように促《うなが》されて、小野寺は素直に話した。

「なるほど、あなたの行動にはなんの問題もありませんなあ」

校長は納得したように腕組みをしている。

「でも、市長に嚙みついたんですから、処分は覚悟しています」

「なぜ、処分するんですか」

役所とはそういうところでしょう。そう言いかけたが、子どもじみた皮肉は腹に収めた。

「校長先生が話題にされるということは、教育長は処分を望んでらっしゃるんでは」

「まあねえ。実は君には内緒で、もう一年この学校に残ってもらえるよう画策していたんですよ」

「校長先生、なんで、そんなこと。私はもう教師を辞めると決めたんですよ」

少し前に、浜登にだけ胸の内を伝えていた。

「アフリカに行くくらいなら、ここで汗を流してくださいよ。それは、私だけじゃなくて伊藤先生をはじめとする職員皆の総意ですよ」

教頭だけは、そうは思っていないだろう。

とはいえ、赴任当初は小野寺を蛇蝎《だかつ》のごとく嫌っていた教務主任の伊藤までもが評価してくれているのは素直に嬉しかった。

「アフリカは冗談ですよ。そう言っていただけるのは、ありがたい話ですけど」

「一旦は、教育長も派遣延長を了解していたんです。でも、それを白紙にすると言ってきました」

だったら、それでいいじゃないか。

「あなたには好都合ですか。権力者の横暴に屈《くっ》していいんですか」

温厚そうなラクダ親父に見えて、浜登はなかなかのファイターだった。

「せやけど、長い物には巻かれろって言《ゆ》うやないですか」

「君らしくもない。どんなに偉い人であっても理不尽は許さないというのが、小野寺徹平のはずでしょう」

思わずにやけてしまった。

「買い被《かぶ》りすぎです。私は単なる文句言いのおっさんに過ぎません」

「ならば、それを貫いてください。あなたの行為は褒《ほ》められこそすれ、誹《そし》られたり処分の対象になったりするものではありません。私は断固たる抗議をするつもりです」

いや、校長、そんなつまらんことせんといてください。

「いいですね。これは君一人の問題ではない。遠間市民として、黙っていられませんから」

やれやれ、問題山積やな。

ますます気持ちが塞ぐ一方で、校長の気持ちが嬉しかった。

校長は今年度いっぱいで定年退職を迎える。こういう人が、教育長になるべきなんや。

5

金次郎くんの修復案は予想以上に多く集まった。募集は在校生対象にもかかわらず、卒業生や周辺住民からもアイデアが寄せられた。

選考については、制作委員会に一任した。但し、最終的には小野寺がチェックするというのが条件だった。そして子どもたちが選考した結果、三本の案が残った。意外にも、「そっくり元のままに戻すのが一番」という七二歳の女性の意見が残っていた。

生まれも育ちも遠間で、今まで遠間以外で暮らしたことがないというその老人は、第一小学校の卒業生でもあった。彼女の話では、流された金次郎くんは二代目なのだという。

初代は昭和五年に建立され、昭和三九年まで子どもたちを見守った。提案書には二枚の写真が添付されており、初代と二代目金次郎くんの堂々とした像が写っていた。

金次郎像の正式名称は、「負薪《ふしん》読書像」という。江戸時代の農政家、思想家である二宮尊徳《そんとく》が唱えた報徳思想を広めようと始まったらしい。尊徳は経済と道徳の融和《ゆうわ》を訴え、私利私欲に走るのではなく社会に貢献すれば、いずれ自らに還元されると説《と》いた。

小学校に建立された経緯には諸説あるようだが、多くの人にとって、家の手伝いをしながらも熱心に勉強を続けて、道徳心も身につけた少年金次郎は理想で、我が子もそんなふうに育って欲しいという思いがあったのだろう。

無論、考えようによっては、全身全霊で国家に尽くす子どもを育成しろという意味にとれなくもない。

だが、老人が提案書に記していた「辛い時は金次郎さんの像を見上げて頑張ろうと思ったものです」というメッセージ同様に、第一小学校の子どもたちにとっては掛け替えのない存在だったのは間違いない。

だとすれば、無関係な連中が外野からごちゃごちゃ言う権利なんてないと改めて思った。

子どもたちがその案を残したのは、「大先輩のおっしゃる意見に、敬意を表するべきだ」という理由による。そのことも小野寺には嬉しかった。

次に残った案は、金次郎くんの背中に薪の代わりに大きな翼をつけようという二年生の女子のアイデアだった。失った左手に持たせるのは『大学』という儒教の経書《けいしょ》ではなくて、天使が持つ杖にしたいとあった。

〝これ、女子の中では一番人気でした！〟と委員会のメンバーが書き添えていた。

だが、小野寺がもっともインパクトを受けたのは、第三の案だった。提案者は六年二組の福島だった。

修復予定図として描かれた金次郎くんはランドセルを背負い、失った左手は斜《なな》め四五度にまっすぐ伸びて前方を指し、右足は坂道を駆け上がるように膝を曲げている。

〝僕らは震災を忘れてはならないと思います。ならば、津波が来たらすぐ高台に逃げようと導いている金次郎くんがいいのでは〟と提案していた。さらに、ランドセルをタイムカプセルにして、〝二〇年後の自分へ〟という手紙を入れてはどうかと書き添えてある。

〝津波の怖さを忘れずに、一生懸命生きているかって問う手紙を、大人になった僕らに送りたいです〟

いかにも福島らしい提案だった。小野寺は強くこのアイデアに引かれた。

「それにしてもこの三案のうちから、どうやって選ぶねん」

「六年生の投票で決めちゃえばいいと思います。アイデアは、いろんな人に関心を持ってもらいたくてオープンで受け付けましたが、僕らの卒業制作なので決定は僕らにまかせて欲しいです」

田窪の説明に、小野寺は全面的に同意した。それから三日後に投票が行われた。

6

予想はしていたが、福島の案が圧倒的な支持を集めた。制作委員らが教室で集計作業をしている時に、奈緒美と田中珠里が小野寺に声を掛けてきた。

「これを、ちょっと見て欲しいんだけど」

奈緒美が、スケッチブックを開いて見せた。

「珠里が描いたの。どう思う?」

老若男女が背後に迫る津波から逃れて高台を目指す様子が描かれていた。子どもたちはお互いに手を握り合い、中には乳母車を押している中学生もいる。老人を背負っている大人は何かを叫んでいる。

しっかりとした線で描かれた一人ひとりの表情からは、必死に逃げようとする緊迫感が伝わってくる。黒い波の壁の中央に、〝津波てんでんこ〟という文字が、赤く書かれていた。

「これって、例の標語か」

三陸地方に大きな津波被害があったのは、今回が初めてではない。明治・昭和時代に「三陸津波」と呼ばれる大津波を引き起こした大地震もあった。

その「三陸津波」の経験を踏まえて、東北沿岸の地域には地震発生時の合い言葉があった。

津波てんでんこ――津波が来たら、誰かの様子を見に行ったり、忘れ物を取りに戻ったりしてはいけない。とにかく、各人が自分の命を自分で守る。「てんでんこ」とは、各人という意味の方言だった。

一部には、弱者を見捨てて逃げろという意味に捉えられ、そんな考えを教えるのは卑怯者ばかりを生むという非難の声もあったという。だが、東日本大震災では、身内の年寄りの様子を見に行ったり、学校に子どもを車で迎えに行き、帰る途中で渋滞に巻き込まれたりして亡くなった例も少なくない。

その結果、どう逃げるのかを常日頃から考え、万が一の場合は、まず自分自身が生き抜くことを最優先するという〝津波てんでんこ〟の主張が、震災以降は強くなっている。

「いい、絵やな。けど田中、ええんか？」

田中の母親は、実家に残した祖母を助けに行って亡くなっている。そして皮肉なことに、祖母自身は自ら高台に逃げて難を逃れていた。

「お祖母《ばあ》ちゃんは、ずっと悔《く》やんでいます。あれだけ『津波てんでんこ』と教えたのにって。だから、こういう絵を残したいなって」

だが、引っ込み思案の田中は、それを卒業制作のミーティングでは言えなかったのだという。

「金次郎くんのバックに、こういう壁画を描きたいんです。もちろん、全員で描きます」

相変わらず子どもたちは逞《たくま》しい。

「先生に聞くなよ。委員のみんなで相談してみろ」

「実はもう相談済みなの。みんな是非やりたいって」

「そこまで決まってるんやったら、やるしかないやろ」

奈緒美と珠里の顔が明るく輝いた。

また、教頭あたりが目くじら立てるんだろうが、どうせ辞める身だ。俺が一人で責任とってでも、やらせてやるさ。

「一つだけ心配なのは時間的に間に合うかどうかです。今からお願いして、金次郎くんの後ろに壁を作ってもらえるんでしょうか」

話に加わってきた田窪が現実的な問題点を口にした。確かに小野寺にも易々と請け合えることではない。

「すまん、すぐには答えられへんわ」

児童に説明するつもりはないが、それ以外にも問題点が考えられた。まずは、費用の問題だ。卒業制作の予算は一〇万円以内と決まっている。だとすると、厳しいかもしれない。そして、田窪が指摘した時間的な問題もある。ただでさえまちの復興が遅々として進まないのに、子どもたちの卒業制作のために、大急ぎで壁を作ってくれという要望が通るかだ。だが、あんちゃんが引き受けてくれたら、これらの問題もクリアできそうな気がする。

最後の難問が画材などの道具だった。壁画を制作するとなると専用の材料が必要になる。

「ちょっと時間をくれ。今から校長先生に相談してくる」

職員室に残っていた教師と校長、教頭を集めて、小野寺は一席ぶった。目を細めて何度も頷いているのは浜登だけだった。

案の定、教頭が難色を示した。

「良いお話ですが、時間的にどうでしょう。それに、本校には地震で亡くなった児童が三一人もいるんですよ。家族を失った子はもっと多い。その子たちの感情を逆撫《さかな》でしかねませんよ」

「言っている意味がわかりませんが」

「〝津波てんでんこ〟という教訓を守らなかったから死んだと言いたいのかという抗議を懸念してるんです」

なるほど、確かにそういう可能性はあるな。

「この絵を描いたのは、田中珠里ですか」

田中から借りてきたスケッチブックをじっと見つめながら、伊藤がたずねた。

「さすが、よくおわかりですね、伊藤先生」

そして、田中が絵に込めた思いも伝えた。

「田中の言葉は重いですね。私も夫を失いましたが、つらい思い出は早く忘れたいと思う一方で、津波を忘れてはダメだという強い気持ちもあります。児童が自発的にそう考えて制作するのなら、私たちは応援するしかないと思いますが」

「私も、珠里ちゃんの勇気を応援してあげたいです」

震災当時に勤めていた小学校で、教え子を亡くしている三木《みき》まどかが、決然とした顔で賛成した。

どうやら反対者は、教頭ひとりになったようだ。

「いや、まことにご立派なお話ですよ。でも、全ての児童が同じ気持ちだとは言えません。問題になったらどうするんですか」

ああ、あほくさい。なんやこいつは、それでも教師か！

小野寺は怒りに任せて口を開いた。

「その時は私が責任とって教師辞めますよ。だから、やらせてやってください」

「小野寺先生がお辞めになったところで、問題解決にはなりませんよ」

教師たちのやりとりを目を閉じて聞いていた浜登が、咳《せき》ばらいした。

「では、保護者を集めて私が説明しましょう。そして、子どもの思いを形にすることをご理解戴けるように、誠意を尽くしてお願いします。それでいかがですか、教頭先生」

そうなんだ。これが大人の落とし前のつけかたなんだ。自分のクビをかけるなんて子どもじみている。自らが矢面《やおもて》に立って、児童がやりたいことを実現させるために誠意を尽くす。俺にはこういう発想がないんだ。

小野寺は改めて自身の力不足を痛感した。

7

PTAからの反対意見は、ほとんどなかった。ただ、壁の安全性が強く求められた。そのために費用が必要なのであれば、保護者で募金を集めるとまで提案された。

実際の作業については、あんちゃんが二つ返事で「任しとき!」と快諾してくれた。子どもたちは、金次郎くんの修復作業にさっそく取りかかった。

二月に入り、第九七期生の卒業制作は着々と進んだ。一年のうちで最も寒さが厳しくなる時期なだけに、津波によって壊された校門のすぐそばに設けられた壁画制作場には、運動会で使うテントを張ったうえに、周囲を覆うなどの防寒対策が施された。それでも寒さはいかんともしがたく、小野寺はストーブを運び込んだりして、熱心に制作を続ける子どもたちの健康管理に心を砕いた。

卒業式まで一週間と迫った日の放課後、六年生が小野寺ら教師全員を校庭に呼び出した。

数日前から、作業現場を見ないで欲しいと子どもたちから頼まれていた。それが遂にお披露目となったのだ。

「それでは、遠間市立遠間第一小学校九七期生の卒業制作の披露会を始めます」

完成品には大きな白い布が掛けられていた。その前で田窪が宣言すると、校長と小野寺が呼ばれた。

「では、お二人で布を引いてください」

「いや、先生やのうて、教頭先生に頼め」

「ダメですよ。先生は卒業制作の顧問なんですから」

奈緒美と千葉に背中を押されて、幕の前に立たされた。

「それでは、勢い良くお願いします」

校長ににこやかに頷かれて、小野寺は布を引いた。

除幕と共に歓声があがった。六年生と先生が集まっているのを見て、下級生たちも校庭に出てきて、一緒に興奮している。

素晴らしい出来だった。金次郎くんは本当に坂道を駆け上がっているように見えた。あんちゃんが金次郎くんを設置する台を、坂道に見えるようにしようと工夫してくれた効果も出ていた。

だが、それより圧巻だったのは、金次郎くんの背後の壁画だった。高さ一メートル五〇センチ、幅三メートルの壁に、津波と大勢の人たちが描かれていた。

しかし恐怖に怯《おび》える顔はない。赤ちゃんも老人も強い眼《まなこ》で山の上を目指し、生きようとする気持ちが漲《みなぎ》っている。悲劇を描くのが目的ではないという子どもたちの意見が絵の中にしっかり込められていた。

そして津波の中央には、大きな文字で力強く〝津波てんでんこ〟とある。

俺はこの学校に来て良かった。

ほんまに、みんなありがとう!

「先生、何しんみりしてるんです。ちょっと、こっち来てここを見てください」

奈緒美が小野寺の手を取って、壁のそばまで連れて行った。

「ほら、ここ見て」

壁画の一番左下のところに、男が仁王立ちしている。顔は怖がっているのに、右手の親指を立てている。

なんや、これは……。

「先生だけ特別よ。吹き出し入りだから」

そこには、「まいど!　こわがりは最強!」と書かれていた。

こいつら、あほか……。

背後で歓声がした。二組だけでなく、そこにいる全員が親指を突き上げていた。

「いぇい、まいど！　先生、ありがとう！」

本作品は、二〇一一年三月一一日に発生した東日本大震災で起きた事実を踏まえてはいますが、作品の登場人物や団体、そして出来事は、全てフィクションです。

阪神・淡路大震災と東日本大震災で亡くなられた方のご冥福をお祈り致します。

また、被災された全ての方に心からお見舞い申し上げます。

謝辞

本短編集を執筆するに当たり、多くの関係者の方々からご助力を戴きました。深く感謝致しております。お世話になった皆様とのご縁を紹介したかったのですが、お名前のみの列記と致しました。

また、名前を記すと差し障る方にも、厚いご支援を戴きました。ありがとうございました。

鈴木省一、中村真菜美、河野心太郎、北川進、阿部由紀、原田豊（ＢＩＧ　ＵＰ　石巻）、三浦光雄（曹洞宗清涼院住職）、三浦一樹、白鳥孝太（シャンティ国際ボランティア会）、三浦友幸

金澤裕美、柳田京子

【順不同・敬称略】

二〇一四年二月

【参考文献】

『つなみ　被災地のこども80人の作文集』「文藝春秋」２０１１年8月臨時増刊号（文藝春秋）
『宮城県気仙沼発！　ファイト新聞』ファイト新聞社（河出書房新社）
『「僕のお父さんは東電の社員です」　小中学生たちの白熱議論！　３・11と働くことの意味』森達也著、毎日小学生新聞編（現代書館）
『学校を災害が襲うとき　教師たちの３・11』田端健人（春秋社）
『あのとき、大川小学校で何が起きたのか』文　池上正樹、文・写真　加藤順子（青志社）
『東日本大震災　教職員が語る子ども・いのち・未来』宮城県教職員組合編（明石書店）
『子どもの命は守られたのか　東日本大震災と学校防災の教訓』数見隆生編著（かもがわ出版）
『奇跡の災害ボランティア「石巻モデル」』中原一歩（朝日新書）
『笑う、避難所　石巻・明友館１３６人の記録』取材・文　頓所直人、写真　名越啓介（集英社新書）
『復興支援ボランティア、もう終わりですか？　大震災の中で見た被災地の矛盾と再起』中原健一郎（社会批評社）
『巨大津波は生態系をどう変えたか　生きものたちの東日本大震災』永幡嘉之（講談社ブルーバックス）
『「阪神大震災」全記録　M７・２直撃』神戸新聞社（神戸新聞総合出版センター）
『語り継ぎたい。命の尊さ　阪神大震災ノート　生かそうあの日の教訓を――増補版』住田功一（一橋出版）

※右記に加え、新聞各紙や放送局の震災特番等も参考にした。

解説　小説家としての「使命《ミッション》」

西岡研介《にしおかけんすけ》（ノンフィクションライター）

本作品を読んで、あることに気づかれた読者はおられるだろうか。

東日本大震災の発生から約二カ月が経《た》った二〇一一年五月、東北の被災地にある遠間《とおま》第一小学校に、神戸からの応援教師、小野寺徹平《おのでらてっぺい》が赴任する。初日の挨拶《あいさつ》からコテコテの関西弁で臨む小野寺に対し、子どもたちは東北弁でなく、標準語で返すのだ。これについて真山仁《まやまじん》はかつて、こう語っていた。

「同じ東北でも、地域によって、言い方や言葉が違う。方言を使った瞬間に、地元の人は、どこの地域の話か分かってしまう。もう一つは、関西弁の小野寺に対し、子どもたちが標準語を話すことで、感情的な教師と、理性的な子どもたちを対比させたかった」

それは真山の、被災地への気遣いであり、小説家としての流儀でもあった。

真山はこの作品で、学校現場における「子どもの死」や「原発問題」などデリケートなテーマを扱い、時には被災地、被災者にも厳しい目を向ける。それゆえに「徹底してフィクションにこだわらなければならなかった」という。

この『そして、星の輝く夜がくる』(以下、『星くる』)の初版は、東日本大震災の発生から丸三年が経った二〇一四年三月一一日に上梓された。その約一年半後の一五年九月、私は、阪神・淡路大震災から二十年を迎えたことを機に企画された『BE KOBE――震災から20年、できたこと、できなかったこと』(ポプラ社より同年一二月に刊行)の書き手の一人として、真山を取材した。

同書は、様々な立場で震災にかかわり続けてきた一〇組一三人が、二十年を経《へ》てみえてきたこと、さらには、「これから」を語るインタビュー集だが、神戸で被災し、今も神戸に居を構え、そして、「阪神から十六年が経ってようやく、『震災』をテーマにした小説(『星くる』)を書くことができた」という真山は、同書の「語り手」として欠かせない存在だった。

インタビューの中では当然のことながら、この『星くる』にも話が及んだ。

子どもたちが胸の奥に抱えた怒りを吐き出す「わがんね新聞」、原発に勤務する父を持つ転校生と周囲との葛藤《かっとう》を綴《つづ》った「〝ゲンパツ〟が来た!」、避難の最中に教え子を亡くした教師の悲しみと苦悩を描いた「さくら」――。各短編の主役の多くが「子ども」だ。しかし、なぜ、震災をテーマとした小説の中心に子どもを据《す》えたのか。真山はこう語る。

「震災後、テレビがこぞって取り上げましたよね。『避難所で手作りの新聞を作り、大人たちを励ます元気な子どもたち』。もちろんいい話だし、子どもたちにとってもいいことなんだろうけど、（子どもたちが）がんばり過ぎだなと思った。

　この子たちがこのままいけば、息苦しくなるだろうな、そのうちに心に溜まっていることが全部、出せなくなるんじゃないか、と。

　この子たち、メディアがこぞって取り上げる『健気《けなげ》に頑張る子どもたち』の心が一番危ないと思って、あえて子どもたちを主人公にした。そして、まずは彼ら、彼女らに大人たちを叱らせた」

「わがんね新聞」には、そんな真山の思いが、小野寺の心のうちに表れている。

〈この子らが吐き出す怒りは、いわば不安の裏返しだ。死がいきなりすり寄ってくるような体験をしてから、ずっと混乱の中で暮らしている。普通に生活しなければと我慢と平静を自らに課せば課すほど、不安の闇が心の奥底に根を張る。それを取り払ってやらなければ、やがて子どもらは怒りや不安に飲み込まれ、我を忘れてしまうだろう〉

〈大人よりも心が柔軟だからといって、彼らは本当に元気なわけでも、前向きな考えができるわけでもない。ただ、全てを失って呆然としている大人を見かねて、迷惑を掛けないようにという無意識の遠慮が働いているに過ぎないのだ。そんなものはクソ食らえだ〉

さらに真山は「さくら」で、マスコミのステレオタイプな「震災報道」を批判し、「小さな親切、大きな……」では、被災地で、住民との軋轢《あつれき》を生んだボランティアのあり方に疑問を呈する。「とにかくこの作品を書くにあたっては、被災地にある、あらゆる〝タブー〟を潰してやろうと思った」（真山）という。

だからこそ、その被災地、被災者への配慮から、「徹底してフィクションにこだわらなければならず、「これは決して実在の人物や団体の話ではありません、また、ある特定の地域の話ではありません、という努力」を最大限、尽くしたという。

その一方で、真山は、震災に関するあらゆる記事に目を通し、地震発生三カ月後から、半年に一度のペースで、岩手県大船渡《おおふなと》市から宮城県仙台市までを三日ほどかけて車で走り、七カ所くらいの町の〝定点観測〟を繰り返してきた。

かつて、白砂青松《はくしゃせいしょう》の名勝「高田《たかた》松原」で知られた陸前《りくぜん》高田市の海岸や、気仙沼《けせんぬま》市の市街地に打ち上げられ、震災遺構として保存するか否かで住民の意見が割れた「第18共徳《きょうとく》丸《まる》」、一〇万トン超の瓦礫が山積みになったすぐそばで、授業が再開されていた石巻《いしのまき》商業高校など、様々な現場をみ続けてきた。

『星くる』では、これら幾つかの現場の話がベースになっているが、編集者に原稿を読んでもらう際、真山は常々、こう言っていたという。

「万が一、物語の場所が特定できるようだったら教えてくれ。また少しでも、何かの記事で読んだことのあるエピソードと似ていると思ったら言ってくれ。すべてボツにするから」

　この言葉に私は、真山の、小説家としての覚悟をみたのだ。

『星くる』の中では、神戸から来た小野寺が度々、「他所者《よそもの》だから無責任に言える」と東北の被災者に苦言を呈し、物議を醸《かも》すシーンが出てくるのだが、この物語にはもう一人、重要な脇役が登場する。小野寺の良き理解者である、遠間第一小学校校長の浜登大吾《はまとだいご》だ。

「被災地にとって『他所者』、『部外者』という存在は、いい意味でも、悪い意味でも大きい。

　マスコミやボランティアという他所者は、いつかは被災地からいなくなる。彼らがいなくなってから初めて、被災地の〝日常〟が始まる。にもかかわらず、震災から一年が過ぎても、東北の被災地では、他所者がいることを前提にした日常が続いていた。このままではいけないと思った。だから、そのことをどう、被災地に言わなくてはいけないかと考えた」（真山）

もっとも、小野寺はただの「他所者」というわけではない。彼自身も十六年前の阪神・淡路大震災で、妻子を喪《うしな》い、心の奥底に深い悲しみを抱えた「被災者」だった。
「ただ、小野寺をそういう、被災地に波風を立てる人物に設定した以上、それを受け止め、支えてくれる地元、東北の人が必要だった。普段の教育委員会の事なかれ主義からして、小野寺のやり方が受け入れられるはずがない。ならば、小野寺の思いや言動に理解を示し、『最後は俺が全て責任を取ればいい』と腹を括《くく》っているのに、それを表に出さないぐらいの懐《ふところ》の深い人が小野寺の後ろにいてくれないと、この物語の『ここはいくら何でも現実として無理だろう』という局面が超えられない。その役割を担ってくれたのが浜登校長だった。
小野寺だけでは『言うたった』で終わってしまい、それでは部外者の自己満足に過ぎない。けれども、その小野寺の思いを、地元出身の浜登校長が飲み込み、彼が一肌脱ぐことで、読者が思ってもいないような、かつ現実的な答えを導き出すことが可能になった」(真山)
「忘れないで」では、阪神・淡路大震災が起こった前日の一月一六日の夜に毎年開催される、当時の教え子の同窓会に、派遣先の東北から駆けつけた小野寺が、彼ら、彼女らとの再会を機に、十六年前に引き戻される様子が描かれている。

教え子の一人が営む阪神深江駅前の居酒屋で交わされる、小野寺と教え子たちとの会話。その会話からみえてくる、各々の被災の状況。そして彼ら、彼女らがその後の十六年で、自分の中の「震災」と、どう折り合いをつけてきたのか――。震災発生当時、地元紙「神戸新聞」の記者として、一瞬で「被災地」と化した自分の町を、ただ茫然《ぼうぜん》と歩き続けるしかなかった私が読んでも、彼らの会話からよみがえる当時の状況は、極めてリアルなものだった。

そして、この「忘れないで」を書くことによって、真山もまた、十六年前の自分と対峙《たいじ》することになった。当時の新聞の縮刷版を何冊も買って読み返し、残された映像を可能な限り視聴し、阪神高速道路の倒壊現場や、避難所となった小学校など数多の現場を歩き、自分を一九九五年当時に戻そうとしたという。

九五年の発災時、既に報道の第一線から退き、小説家を目指していた真山は、当時のマスコミによって繰り広げられていた震災報道から「心の中で撤退した」という。が、その時の葛藤はいつまでも、胸に刺さったままだった。しかし、そんな思いを封印し、それまで以上に仕事をしながら、自身にこう誓ったのだという。

「何が何でも小説家になってやる。小説家になって、いつかはこの震災のことを書く。それが震災で生き残った自分が背負った、使命《ミッション》だ」

そんな真山の思いが、十六年の歳月を経て結実したのが、本作品だった。

そして、シリーズ完結となる三作目（「小説NON」二〇一〇年八月－一二月号に連載）で再び、小野寺は、『星くる』にも登場する教え子の相原さつきとともに、「阪神・淡路の伝承」と「東北の復興」に向き合うことになる。

前述のインタビューの最後に、真山はこう語っていた。

「たぶん、阪神・淡路や東日本のような大災害においては、それが『歴史』でしか語れなくなってきた時が、小説の出番なのだろう」

真山の「使命《ミッション》」は、まだ続いている。

初出誌

「わがんね新聞」……………「小説新潮別冊　Story Power」二〇一一年
「〝ゲンパツ〟が来た！」…………「小説新潮別冊　Story Power」二〇一二年
「『さくら』」…………「小説新潮」二〇一三年五月号
「小さな親切、大きな……」……「小説現代」二〇一三年九月号
「忘れないで」…………「小説現代」二〇一四年一月号
「てんでんこ」…………「小説現代」二〇一三年一一月号

単行本　二〇一四年三月一一日

JASRAC　出　2010055-001

本書は、二〇一五年に講談社文庫より刊行された作品に、
著者が加筆修正したものです。

一〇〇字書評

切り取り線

購買動機（新聞、雑誌名を記入するか、あるいは○をつけてください）

□（　　　　　　　　　　　　　　　）の広告を見て
□（　　　　　　　　　　　　　　　）の書評を見て
□ 知人のすすめで　　　　　□ タイトルに惹かれて
□ カバーが良かったから　　□ 内容が面白そうだから
□ 好きな作家だから　　　　□ 好きな分野の本だから

・最近、最も感銘を受けた作品名をお書き下さい

・あなたのお好きな作家名をお書き下さい

・その他、ご要望がありましたらお書き下さい

住所	〒				
氏名		職業		年齢	
Eメール	※携帯には配信できません	新刊情報等のメール配信を　希望する・しない			

この本の感想を、編集部までお寄せいただけたらありがたく存じます。今後の企画の参考にさせていただきます。Eメールでも結構です。

いただいた「一〇〇字書評」は、新聞・雑誌等に紹介させていただくことがあります。その場合はお礼として特製図書カードを差し上げます。

前ページの原稿用紙に書評をお書きの上、切り取り、左記までお送り下さい。宛先の住所は不要です。

なお、ご記入いただいたお名前、ご住所等は、書評紹介の事前了解、謝礼のお届けのためだけに利用し、そのほかの目的のために利用することはありません。

〒一〇一－八七〇一
祥伝社文庫編集長　坂口芳和
電話　〇三（三二六五）二〇八〇

祥伝社ホームページの「ブックレビュー」からも、書き込めます。
www.shodensha.co.jp/bookreview

祥伝社文庫

そして、星《ほし》の輝《かがや》く夜《よる》がくる

令和 3 年 1 月 20 日　初版第 1 刷発行

著　者　真山《まやま》　仁《じん》
発行者　辻　浩明
発行所　祥伝社《しょうでんしゃ》
東京都千代田区神田神保町 3-3
〒 101-8701
電話　03（3265）2081（販売部）
電話　03（3265）2080（編集部）
電話　03（3265）3622（業務部）
www.shodensha.co.jp
印刷所　堀内印刷
製本所　ナショナル製本
カバーフォーマットデザイン　芥 陽子

本書の無断複写は著作権法上での例外を除き禁じられています。また、代行業者など購入者以外の第三者による電子データ化及び電子書籍化は、たとえ個人や家庭内での利用でも著作権法違反です。
造本には十分注意しておりますが、万一、落丁・乱丁などの不良品がありましたら、「業務部」あてにお送り下さい。送料小社負担にてお取り替えいたします。ただし、古書店で購入されたものについてはお取り替え出来ません。

Printed in Japan ©2021, Jin Mayama　ISBN978-4-396-34698-0 C0193

祥伝社文庫の好評既刊

阿木慎太郎
闇の警視 撃滅《げきめつ》（上）
出所早々の若頭にヒットマンの襲撃。新たな火種が燻《くすぶ》る中、暴力組織壊滅を狙う闇の組織が行動を開始した！

阿木慎太郎
闇の警視 撃滅（下）
暴力組織壊滅極秘チームの思い、ヤクザたちの姦計《かんけい》、復讐心、その全てを呑み込んで、ミッションが動き出す！

数多久遠
黎明の笛 陸自特殊部隊「竹島」奪還
情報を武器とするハイスピードな頭脳戦！ 元幹部自衛官の著者が放つ、衝撃の超リアル軍事サスペンス。

安東能明
侵食捜査
入水自殺と思われた女子短大生の遺体。彼女の胸には謎の文様が刻まれていた。疋田は美容整形外科の暗部に迫る――。

岩川 隆
日本の地下人脈 戦後をつくった陰の男たち
岸信介《きしのぶすけ》・満州人脈、児玉誉士夫《こだまよしお》・上海人脈、中曽根康弘《なかそねやすひろ》・海軍人脈……彼らはいかにして君臨し得たのか？

江上 剛
庶務行員 多加賀主水が悪を断つ
人心一新された第七明和銀行。しかし新頭取の息子が誘拐されて……。主水、国家の危機に巻き込まれる！

祥伝社文庫の好評既刊

垣谷美雨　子育てはもう卒業します

就職、結婚、出産、嫁姑問題、子供の進路……ずっと誰かのために生きてきた女性たちの新たな出発を描く物語。

香納諒一　血の冠

警察OB越沼《こしぬま》が殺された。二十六年前の迷宮入り事件と同じ手口で。心の疵《きず》と正義の裏に澱《よど》む汚濁を描く傑作。

河合莞爾　デビル・イン・ヘブン

カジノを管轄下に置く聖洲《きよす》署に異動になった刑事・諏訪《すわ》。カジノの闇に踏み込んだ時、巨大な敵が牙を剝く！

黒木　亮　アジアの隼《はやぶさ》〈上〉

真理戸《まりと》潤《じゅん》は、日系商社に請われ、巨大発電プロジェクトの入札に参加。企業連合が闘う金融戦争の行方は⁉

黒木　亮　アジアの隼〈下〉

巨大プロジェクトの入札をめぐり、邦銀ベトナム事務所の真理戸潤と日系商社の前に、一人の男が立ちはだかる。

柴田哲孝　完全版　下山事件　最後の証言

日本冒険小説協会大賞・日本推理作家協会賞W受賞！　関係者の生々しい証言を元に暴く第一級のドキュメント。

祥伝社文庫の好評既刊

白石一文　ほかならぬ人へ

愛するべき真の相手は、どこにいるのだろう？　愛のかたちとその本質を描く、第142回直木賞受賞作。

新堂冬樹　帝王星《ていおうぼし》

「帝王星は、ふたついらない」——藤堂vs.立花。熾烈さを増す歌舞伎町を制する闘い、ここに完全決着！

瀬名秀明　虹の天象儀

「ねえ、過去に吸い込まれそうになったことない？」閉館直後のプラネタリウムに不思議な少年がやって来た。

立川談四楼　ファイティング寿限無《じゅげむ》

〝飛び道具〟としてボクシングを始めた橘家小龍《たちばなやこりゅう》。のめり込む小龍の前に、不敗の王者が……。爽快&痛快青春小説。

富樫倫太郎　生活安全課0係　バタフライ

少年の祖母宅に大金が投げ込まれた。冬彦と高虎が調査するうちに類似の事件が判明。KY刑事の鋭い観察眼が光る！

富樫倫太郎　生活安全課0係　スローダンサー

「彼女の心は男性だったんです」——性同一性障害の女性が自殺した。冬彦は彼女の人間関係を洗い直すが……。

祥伝社文庫の好評既刊

中田永一
百瀬、こっちを向いて。
「こんなに苦しい気持ちは、知らなければよかった……！」恋愛の持つ切なさすべてが込められた小説集。

中田永一
吉祥寺の朝日奈くん
切なさとおかしみが交叉《こうさ》するミステリ的表題作など、恋愛の〝永遠と一瞬〟がギュッとつまった新感覚な恋物語集。

中山七里
ヒポクラテスの誓い
法医学教室に足を踏み入れた研修医の真琴《まこと》。偏屈者の法医学の権威、光崎《みつざき》とともに、死者の声なき声を聞く。

夏見正隆
TAC《タック》ネーム アリス
闇夜の尖閣《せんかく》諸島上空。〈対領空侵犯措置〉に当たる空自のF15J。国籍不明の民間機が警告を無視、さらに!!

夏見正隆
TACネーム アリス 尖閣《せんかく》上空10vs1
尖閣諸島の実効支配を狙う中国。さらに政府専用機がジャックされた！　乗員のひかるは姉に助けを求めるが……。

楡 周平
プラチナタウン
堀田力《ほったつとむ》氏絶賛！　WOWOW・ドラマW原作。老人介護や地方の疲弊に真っ向から挑む、社会派ビジネス小説。

祥伝社文庫の好評既刊

服部真澄
鷲《わし》の驕《おご》り
日本企業に訴訟を起こす発明家。先端技術の特許を牛耳る米国の特異な「特許法」を巡る、国際サスペンス巨編！

服部真澄
ディール・メイカー
米国の巨大メディア企業と乗っ取りを企てるハイテク企業の息詰まる攻防！世紀の勝負の行方は？

原田マハ
でーれーガールズ
漫画好きで内気な鮎子《あゆこ》、美人で勝気な武美《たけみ》。三〇年ぶりに再会した二人の、でーれー（ものすごく）熱い友情物語。

樋口毅宏
民宿雪国
ある国民的画家の死から始まる、小説界を震撼させた大問題作。昭和史の裏面を抉りながら、衝撃の真相に!!

樋口毅宏
ルック・バック・イン・アンガー
町山智浩《まちやまともひろ》氏、大絶賛!! 世間から蔑《さげす》まれ生きるエロ本出版社の男たちが凄絶な一撃を炸裂！（対談・中森明夫《なかもりあきお》氏）

百田尚樹
幸福な生活
百田作品史上、最速八〇万部突破！圧倒的興奮と驚愕、そして戦慄！愛する人の〝秘密〟を描く傑作集。

祥伝社文庫の好評既刊

三浦しをん　木暮荘《こぐれそう》物語

小田急線・世田谷代田《せたがやだいた》駅から徒歩五分、築ウン十年。ぼろアパートを舞台に贈る、愛とつながりの物語。

柚月裕子　パレートの誤算

ベテランケースワーカーの山川《やまかわ》が殺された。被害者の素顔と不正受給の疑惑に、新人職員・牧野聡美《まきのさとみ》が迫る！

横山秀夫　影踏み

出所してすぐ、侵入した家の秘密を調べ始めた〝ノビ師〟真壁《まかべ》。あの女は夫を焼き殺そうとしていた――。

若竹七海　クールキャンデー

「兄貴は無実だ。あたしが証明してやる！」――渚、十四歳。兄のアリバイ調査に乗り出したが……。

渡辺裕之　凶悪の序章㊤　新・傭兵代理店

任務前のリベンジャーズが、世界各地で同時に襲撃される。だがこれは〝凶悪の序章〟でしかなかった――。

渡辺裕之　凶悪の序章㊦　新・傭兵代理店

アメリカへ飛んだリベンジャーズ。そして〝9・11〟をも超える最悪の計画が明らかに。史上最強の敵に挑む！

〈祥伝社文庫　今月の新刊〉

飛鳥井千砂
そのバケツでは水がくめない
仕事の垣根を越え親密になった理世と美名。その関係は、些細なことから綻びはじめ……。

真山　仁
そして、星の輝く夜がくる
神戸から来た応援教師が「3・11」の地で子どもたちと向き合った。震災三部作第一弾。

真山　仁
海は見えるか
進まない復興。それでも「まいど先生」と子どもたちは奮闘を続ける。震災三部作第二弾。

南　英男
錯綜　警視庁武装捜査班
ジャーナリスト殺人が政財界の闇をあぶり出した――利権に群がるクズをぶっつぶせ！

柄刀　一
流星のソード
名探偵・浅見光彦VS.天才・天地龍之介
流星刀が眠る小樽で起きた二つの殺人。そして刀工一族の秘密。名探偵二人の競演、再び！

黒崎裕一郎
渡世人伊三郎　上州無情旅
刺客に狙われ、惚れた女を追いかける、訳ありの若造と道連れに。一匹狼、流浪の道中記。

辻堂　魁
乱れ雲　風の市兵衛　弐
流行風邪が蔓延する江戸で、重篤の老旗本の願いに、市兵衛が見たものとは。